書下ろし

居眠り狼《おおかみ》

はぐれ警視 向坂《さきさか》寅《とら》太郎《たろう》

早見 俊

祥伝社文庫

目次

第一章　岩根島《いわねじま》

一

フェリーから向坂寅太郎《さきさかとらたろう》は岩根港《いわねこう》に降り立った。

背が高くて広い額《ひたい》、目鼻立ちは整《ととの》っているのだが、眠そうに目をしょぼしょぼとさせているため冴《さ》えない中年男にしか見えない。

潮風に煽《あお》られ、薄くなった髪が靡《なび》き、ブルゾンの襟《えり》を寅太郎は立てた。竹芝《たけしば》からフェリーに乗ったのは今日の午前四時、今は午後二時過ぎだから、十時間余り船に揺られてきたわけだ。飛行機にしようかと思ったが、定期便は一日に一度、それに船旅を楽しみたくもなりフェリーに乗り込んだが五十過ぎの肉体には、正直堪《こた》えた。

「あ～あ」

大きく伸びをし、リュックサックを背負い直した。手に提《さ》げた竿袋を肩に担《かつ》ぐ。

十月だというのに暑い。強い日差しに思わず手庇《てびさし》を作った。

ここ岩根島は東京都に所属する伊豆《いず》諸島の一つ、南の海上、東京から約二百キロの距離にある。東西に延びた島の周囲は五十キロ余り、島の中央には標高五百二十メートルの大《おお》神山《かみ》が聳《そび》え、島の周囲を黒潮が流れているため、魚の宝庫だ。また、八丈島《はちじょうじま》と御蔵島《みくらしま》の真ん中に位置することから、江戸時代には八丈島に流された流人船《るにんせん》が立ち寄っていた。今日は十月二日とあって、海水浴やマリンスポーツに訪れる観光客はいないが、釣り目的でやって来る客は絶えない。

寅太郎はタクシーに乗り、

「山本町《やまもと》の椿荘《つばきそう》までお願いします」

宿泊先の民宿を運転手に告げた。

車内はエアコンが効《き》いていて心地《ここち》よい。

「お客さん、岩根島は初めてですか」

気さくな調子で運転手が尋《たず》ねてきた。

「そうなんですよ。思ったより暑いですね」

「常夏《とこなつ》とまではいきませんが、一年通じて暖かいですよ。ほんでも、雨が多いですし、風も強いから、楽園ってわけではありませんがね」

運転手はおかしそうに肩を揺すって車を出した。島を南北に貫く幹線道路、中央通りを進む。

岩根港は島の北側の丁度真ん中に位置している。運転手によると、ぐるりと島を一周するのに、車だと四、五十分とかからない。島内の交通はバスがあるが、自家用車やバイク、自転車で移動する者が多いとか。

「きれいな砂浜で日光浴したり、夜には月を眺《なが》めたりできていいだろうな」

寅太郎は車窓の外を眺めながら言った。眼前にはお椀《わん》を伏せたような大神山のなだらかな稜線《りょうせん》が青空にくっきりと刻《きざ》まれている。

「内地の方はそんなイメージなんでしょうがね、岩根島は火山島ですからね、海岸は岩場ばかりでしてね、砂浜は島の北東にある鶴ヶ浜《つるがはま》くらいなんですよ」

「でも、海水浴客は多いのでしょう」

「海水浴シーズンには岩根港と南の岩根漁港の堤防内が海水浴場になります」

タクシーはビルが建ち並ぶ一角に差し掛かった。中央通りを挟《はさ》んで島の庁舎や警察署、消防署、税務署などがある官庁街だった。官庁街を通り過ぎると緩やかな勾配となり、行き交う車は少なくなった。

「夏もいいんですが、春なんかもいらしたらいいですよ。島中、フリージアが咲き乱れますからね」

「そりゃ、きれいだろうね」

色とりどりのフリージアが寅太郎の脳裏《のうり》に咲き誇った。

椿荘は岩根港から中央通りを四キロ程走った辺りにある山道を登った小高い丘にあった。ホームページによると、見晴らしがよく、海を一望できるとして、椿荘から見たエメラルドグリーンの海が掲載されていた。

「お客さんも釣りですか」

椿荘を営む武藤祥子《むとうさちこ》が声をかけてきた。

「ええ、まあ」

肩にかけた釣り竿の入った竿袋を寅太郎は下ろした。差し出された宿帳に名前と住所、職業を記入した。書き上げた宿帳を祥子は見て、

「公務員というと……」

問いかけようとして口をつぐんだ。

プライベートに立ち入ることを遠慮したようだ。代わりに、

「岩根島は初めてですか」

愛想よく尋ねてきた。

「初めてです。やはり、海がきれいですね。釣りが楽しみですよ」

「沖合に出る時はおっしゃってください。船の予約をしますので」

「ありがとうございます」

「御滞在は何日《いつ》までですか」

「決めていないんですが、まあ、二泊くらいかな」

寅太郎が首を捻《ひね》ると、

「いいですね、予定を決めない旅って」

祥子は心底から羨《うらや》ましそうだ。女手で民宿を営んでいるのだ。気儘《きまま》に旅行などできないだろう。

「無計画なだけですよ」

寅太郎が返したところで祥子は部屋の鍵《かぎ》を渡した。201号室と書かれたキーを手に、寅太郎は階段を上った。二階の廊下で男が天井の蛍光灯を交換している。脚立《きやたつ》に乗っていた男と目が合う。男は軽く頭を下げ脚立から下りた。

次いで、

「旦那、お久しぶりですね」

親しみが込められた口調で男は挨拶《あいさつ》をした。

寅太郎と同年配の小柄な男だ。

「袴田《はかまだ》よ、額に汗して労働しているじゃないか。いや、感心、感心」

寅太郎は袴田の肩をぽんと叩《たた》いた。

「旦那のお蔭《かげ》ですよ」

「まあ、そうだがな」

当然のように寅太郎が返すと、

「嘘《うそ》でもおまえの努力だって、言ってくださいよ」

袴田は苦笑した。寅太郎は大きな声を上げて笑い、

「そうだ。おまえの努力の賜物《たまもの》だ。いや、冗談で言っているんじゃないぞ。で、忙しいおれを呼んだというのはどういう訳だ」

「だって左遷されたんでしょう」

「はっきり言うな。ああ、暇だよ。今回も有給届を出したら、すんなり受け入れられた。私用って記したが、せめてわけくらい聞いて欲しかったんだがな」

寅太郎は頭を掻《か》いた。

その時、

「袴田さん」

階段の下から祥子の声が聞こえた。

「は〜い。只今《ただいま》」

元気よく答えると、

「では、今夜、仕事が終わってから、近くに代官山《だいかんやま》公園という大きな公園があります。

で、その手前に小公園があるんですよ。小さな公園、特に名前はなくって、小公園って呼ばれているんです。そこで、午後十時に」

「十時かよ。それまで何をやってりゃいいんだ」

スマートフォンで時間を確かめるとまだ二時半を過ぎたところである。

「釣りに来たんでしょう。釣りをやってりゃいいじゃないですか。ロビーにクーラーボックスと餌《えさ》を用意しておきますから」

「そりゃ、すまんな」

寅太郎は２０１号室へと向かった。

部屋は和室の六畳間であった。真ん中に座卓があり、急須と湯呑、和菓子が用意してあった。荷物を置き、座卓の上に高島暦《たかしまれき》を置いた。ぱらぱらと頁《ページ》を捲《めく》りながら袴田のことを思い出す。

袴田庄司《しようじ》、窃盗《せつとう》の常習犯だった。

寅太郎が袴田を逮捕したのは六年前、多摩中央《たまちゆうおう》警察署の刑事課窃盗係に配属されていたときだ。管轄内で立て続けに三軒の民家で空き巣被害があり、袴田の仕業《しわざ》だったのだ。逮捕された袴田は素直に取調べに応じた。その時既《すで》に前科五犯だった。裁判にかけられ、禁錮一年の判決を受けた。

しかし、四年後にまたも寅太郎に逮捕された。袴田は罪を認め、禁錮一年半となった。

寅太郎は府中《ふちゅう》刑務所に服役した袴田を何度も接見し、今度こそ真人間になれ、空き巣から足を洗えと諭《さと》し続けた。初めのうちは薄笑いを浮かべて話を聞いていた袴田であったが、一年を過ぎた辺りから寅太郎の接見を楽しみにするようになり、やがて、涙を浮かべ更生を誓った。

出所後、行方が知れなかったが、一月《ひとつき》程前に手紙が届いた。手紙には連絡先も記してあり、岩根島の民宿に住み込みで働いていることを知った。

袴田から是非《ぜひ》、岩根島に来て欲しいと言われたのが三日前である。寅太郎が椿荘に電話をすると、袴田は海がきれいで食べ物が美味《うま》い、もちろん釣りも楽しめますからと誘ってきた。行くと応じ、電話を切ろうとしたところで話したいことがあると言い添えたのが気にかかった。

ともかく、袴田は元気に働いている。生き生きとしている。それが寅太郎にはうれしい。

竿袋から釣り竿を取り出し、口笛を吹く。窓から見下ろすことができる大海原を見ると釣り糸を垂《た》れてみたくなる。釣り船に乗るには遅いが、堤防ならまだ釣りはできるだろう。

釣り竿を竿袋に戻して口笛を吹きながら階段を下りた。小さなロビーがあり、ソファーとテーブルが並んでいた。

「岩根島の自然を守れ」

「パラダイスアイランド建設、反対」

という大きな声がラウドスピーカーから流れてくる。外を見ると、プラカードを手にした集団が歩いて行く。男女混合の団体でみな若者だ。

「何のデモですか」

寅太郎は玄関脇の長椅子《いす》に座っている老齢の男に問いかけた。

「パラダイスアイランド建設の反対運動だ」

男は祥子の父親政五郎《まさごろう》だった。

岩根島にはパラダイスアイランドと称されるテーマパークの建設が予定されており、島の自然環境を守ろうと反対運動が起きているそうだ。

先頭でラウドスピーカー片手に叫び立てている若い男はタクシー会社、岩丸《いわまる》タクシーの次男岩丸浩次《こうじ》だ。会長である父親、社長の長男が反対運動に加わることに反対しているのも聞かず、家業そっちのけで参加している。浩次は子供の頃から餓鬼《がき》大将で、二十九歳の今、島の青年団を束《たば》ねてもいるそうだ。

「本条義男《ほんじようよしお》が来ておるでな。浩次たちは張り切っとるわ」

本条義男は岩根島出身、与党である民主自由党に所属し当選二回、地方創生担当の産業振興政務官を務めており、島の振興のためにパラダイスアイランド建設を推進してきた。

来年の三月には着工する予定だが、建設が予定されている地域には立ち退きを拒《こば》む家や施設があるそうだ。

「島には産業というもんがねえからな。若い者はどんどんいなくなっちまう。このままじゃ、島はさびれる一方だ」

島の現状を嘆《なげ》いたところを見ると、政五郎は建設に賛成のようだ。

パラダイスアイランドは壮大な構想の下に計画されている。ショッピングモール、映画館、コンサートホール、遊園地、水族館、ホテル、そしてカジノを備える一大リゾートとなるそうだ。カジノによって集客は日本国内ばかりか海外からの来島も期待している。夢物語ではないのは、岩根島空港には二年後、台北《タイペイ》、上海《シャンハイ》、香港《ホンコン》、ホノルルの各空港と路線が結ばれることからもわかる。

本条は岩根島が東アジアを代表するリゾート地になると豪語している。今世紀になって最大の建設計画で、東京オリンピックを凌《しの》ぐとマスコミは囃《はや》し立て、完成は五年後だ。

「ああ、パラダイスアイランドって、この島に出来るのですか。あ、いや、伊豆諸島だとは知っていたんですがね。ほう、この島に……。それは凄い」

寅太郎はテレビのニュース番組で見たパラダイスアイランドのCGを思い出した。晩《ばん》酌《しゃく》をしながらいい加減に見ていたため、建設予定地を覚えていなかった。ただ、CGで描かれたパラダイスアイランドは気宇壮大《きうそうだい》、未来都市のような姿だったとうろ覚えに記憶している。

パラダイスアイランドは島に多大な金と雇用を生み落とす。いつまでも、国の助成金頼みでは島の将来はないと政五郎は強調した。

なるほど、岩根島の将来を左右する大きな問題だ。

「部外者のわたしですから無責任に言えるのかもしれませんが、島のきれいな海が汚れないようにしてもらいたいですね」

寅太郎の言葉に政五郎は大きくうなずき、

「そうなんだ。建設関係者は自然が壊されることはないと言っているけど、果たしてどこまで守られるのかわかったもんじゃねえ。それに、カジノなんか出来てみろ。外人が沢山来て、風紀が乱れて犯罪が増えるかもしれない。マフィアも来るかもしれねえぞ。わしは、ご先祖さんに顔向けできねえよ」

一転して反対を口にした。

一体、賛成なのか反対なのかどっちなんだと寅太郎は首を捻った。

「島のみなさんの意見はどうなっているんですか」

寅太郎の問いかけに、

「割れているな。信念持って賛成、反対を唱えているのは少ないよ。さっきまで反対だと言っていたくせに、今は賛成だって言う輩《やから》が珍しくない」

そう言うあんたがそうだろうと寅太郎はおかしくなった。

「随分と大勢の若いのが反対デモに参加しているもんですね」

若者が少ないと政五郎は嘆いていたが、島の若者は反対で結束しているのだろうか。

「本土から来た連中が多いよ。環境保護団体でな、ええっと……。エチルアルコールじゃなくて……祥子、何だっけ」

政五郎は祥子に問いかけた。祥子はクーラーボックスと餌を持って来て、

「エターナルグリーンよ」

と、寅太郎の足元に置いた。

「ああ、それだ」

政五郎は手を叩いた。

寅太郎も聞いたことがある。自然環境が破壊される恐れがある地域に乗り込み、過激な反対運動を展開している団体だ。デモを行ったり、工事現場に立ち入って座り込みをしたり、警察の機動隊と揉《も》み合ったりしている。

そのエターナルグリーンが乗り込んで来て反対運動を煽っているようだ。

「夏が終わっても島は賑《にぎ》やかですね」

「その割にうちの客は少ないんだよな。反対運動やっている連中は建設予定地の山の中でキャンプを張っているからな」

「不法占拠でしょう。警察は何をしているんですか」

「警察だって出て行くように言っているけど、聞かねえよ。建設推進派も大勢いるぞ。町長とか商工会のお偉方とかは賛成だ」

岩根島は二つに割れ、混乱状態にあるようだ。よりにもよって袴田庄司は随分と騒がしい所で働いているものだ。袴田と岩根島、何か繋《つな》がりでもあったのだろうか。袴田は茨《いばら》城《き》県水戸《みと》の出身だった。

手紙には海がきれいだから岩根島で働き始めたと記してあった。

そんなことで職を決めるものとは思えないが、前科者、しかも五十過ぎという年齢を考慮すれば、自分を受け入れてくれる所ならどこでもいいのかもしれない。

今晩、じっくり話をすればはっきりとすることだ。

「さて、大物を釣ってきますか」

「ああ、岩根港近くの堤防でもカンパチやヒラマサが釣れるよ」

政五郎は両手を広げてこんな大物が釣れると表現した。

「民宿に寄付しますよ」

寅太郎は上機嫌で言うと釣り竿とクーラーボックスを持って外に出た。自転車を借りることにした。

秋だというのに、強い日差しと海風だ。空は抜けるようで、いかにも太平洋上の離島に来たという気がする。ただ、空気が湿っぽいのは一年を通じて雨が多いという岩根島の特徴であろう。ともかく、有給休暇を楽しもう。

自由を謳歌《おうか》しようと寅太郎は大きく伸びをした。

二

午後九時過ぎ、岩根島警察署刑事課強行《きょうこう》係の青山淳一《あおやまじゅんいち》巡査部長はパトカーに乗り、みどり保育園へと向かっていた。

保育士前田《まえだ》りさ子からの通報であった。りさ子は相当に取り乱している様子だ。それもそうだろう。まず、窃盗だの空き巣だのは、この島ではほとんどないことだ。園長からの通報ではないことが気がかりではあったが、現場に到着すれば事情はわかることだろう。

刑事課に赴任し、初めての刑事事件だ。不謹慎《ふきんしん》ながら俄然《がぜん》、やる気が起きた。

みどり保育園は島の中央部に広がる大神山系の裾《すそ》野《の》にあった。台風が接近していることから園児は早めに帰らせている。りさ子は一人残って青山の到着を待っていた。

サイレンは鳴らさず、保育園の門にパトカーを停車させると既に鑑識係が三人到着していた。鑑識係と一緒に徒歩で園内に入った。広いグラウンドの左手に木造平屋建ての建物がある。園長室は建物の一番奥だった。

みどり保育園はキリスト教系の私立保育園で、島に三つある保育園の中では最も古くて大きい。ゼロ歳から五歳までの園児五十二人に対し十人の保育士がいる。園長の三田村源蔵《みたむらげんぞう》はカトリックの神父であり、保育園と園内にある教会を主宰していた。

園長室のドアは開け放たれていて、天井の蛍光灯が灯《とも》っている。中に入ると、りさ子と思《おぼ》しき女が立っていた。歳《とし》の頃、二十七、八といったところだろうか。きりりとした面差《おもざ》しのしっかりとした女性という印象を受ける。まずは、鑑識が現場を調べた。

りさ子に指摘されるまでもなく、カーテンがひらひらと風に舞っていることから、空き巣犯は窓から侵入したものと思われた。

案の定《あんじょう》、窓ガラスが割られている。三角割りだと鑑識係が言った。マイナスドライバーを窓枠に強く差し込むとひびが入る。続いて二度、三度強めにマイナスドライバーで窓枠を突くと窓ガラスは三角形に割れることから名付けられた空き巣の手口だ。

空き巣は割れた隙間《すきま》から手を入れ、クレセント錠を外して室内に侵入したようだ。鑑識係が破損した窓を何枚も写真に撮った。次いで室内に残された指紋の採取を行う。青山はりさ子と共に廊下で待機した。

「今、園長と連絡を取っています」

りさ子はスマートフォンを取り出した。

園長の三田村源蔵は昨日から不在だという。聞かずともわけは青山にもわかった。このところ激しさを増すパラダイスアイランド建設反対運動に参加しているのだ。いや、参加などという小さな立場ではない。反対運動の指導者となっている。不在の理由が反対運動推進であることが推定できる。

三田村が反対運動の指導者になったのは、みどり保育園の土地が建設予定地の真ん中を占めることに起因する。三田村源蔵は祖父の代から続く保育園と教会を守っている。カトリックの神父である三田村は人格者と評判で、島の自然環境やカジノによる風紀の乱れを心配する島民には頼りがいのある存在だった。

パラダイスアイランド建設を統括するのは大手不動産会社船岡《ふなおか》商事で、船岡商事にとって最大の障害は三田村のみどり保育園だ。船岡商事はみどり保育園を中心とした大神山系の裾野、約十万平方メートルを建設予定地として事業を計画した。十万平方メートルの内七万平方メートルは島の所有地とあって岩根島町から買い上げられた。残る私有地三万平方メートルの内のおよそ半分、一万四千平方メートルがみどり保育園だ。一万六千平方メートル、すなわち五千坪近い敷地には保育園の他に教会、墓地、三田村の住まいがある。

そして、この五千坪余の土地はパラダイスアイランドの中央部分に位置することから、船岡商事は何としても土地を取得しなければならない。

このところ三田村は保育園には顔を出さず、自宅や島の公民館で反対運動の島民や環境保護団体エターナルグリーン所属の人間たちと会合を持っていた。それでも昨日の夜には決済のため園長室で午後九時まで仕事をし、園内にある自宅に戻ったそうだ。

従って、空き巣が入ったのは昨晩の午後九時以降と思われる。もっとも、朝や昼に入るとは考えにくいことから、昨日の午後九時から今日の明け方までの間であろうと推定された。

「園長室に空き巣が入ったこと、今晩までどなたも気づかなかったのですね」

青山の質問をりさ子は自分を含む保育士たちの怠慢を責めるものと解したのだろう。すみませんと頭を下げてから、

「空き巣が侵入した園長室の窓は裏手にあります。普段からわたしたち保育士は滅多《めった》に園長室には行きません」

「それが今晩、園長室に来られたのはどうしてですか。それも、午後九時とは遅い時刻だと思うのですが」

できるだけ丁寧《ていねい》な口調で問いかけたのだが、質問の内容はりさ子への不審を投げかけている。そのことはりさ子にも伝わり、りさ子の目元がきつくなった。

りさ子が口を開く前に、

「前田さんを疑っているわけではないのです。窓を割っての侵入方法を見ればプロの空き巣の犯行であることは明らかですから。ただ、署長への報告で、第一発見者たる前田さんの行動を確認する必要があるのですよ」

理由を説明したつもりだが言い訳めいてしまった。りさ子は軽くうなずくと、

「園児のお母さんのお一人から迎えに行くのが八時半を回ってしまう、と連絡を頂いたのです。本当はよくはないのですが、園児を一人で帰すことなどできません。お母さんがいらっしゃるまで待ちました。園児とお母さんがお帰りになってから、台風が接近しておりますので、念のため、園内の戸締りを確認して回ったのです」

「なるほど、そうしたら園長室の窓が割れていたということですね」

りさ子の不審感を拭《ぬぐ》おうと、すかさず青山は理解を示した。実際、りさ子の言動に矛盾はない。遅くまで保育園に残った園児と母親に確かめるまでもないだろう。

園長の三田村は代官山公園で反対運動の決起集会をやっているそうだ。代官山公園は星空を見るのに絶好のスポットであることから大勢の観光客が集まる。観光客に向け、岩根島の自然を破壊するパラダイスアイランド建設反対を訴えているそうだ。また、カジノが出来れば大勢の観光客や外国人客が訪れ犯罪が起きる、とても星空を楽しむことなどできなくなると、建設反対を呼びかけもするとのことだった。

訴えかけに熱心なようで三田村は電話に出ないそうだ。

やきもきするりさ子を青山が宥《なだ》めようとしたところでりさ子のスマフォが震えた。着信を確かめ、園長からですと言ってから、りさ子は電話に出た。園長室に空き巣が入ったこと、警察を呼んだことを告げた。それから、二、三やり取りをして電話を切った。

「すぐに来るそうです」

代官山公園からみどり保育園までは車で十分ほどだ。

今は九時四十分。遅くとも十時には三田村が到着するだろう。


九時五十二分、三田村が到着した。

三田村は初老の落ち着いた雰囲気の男であった。一目で神父とわかるスータン姿ではなく、白のワイシャツに紺《こん》のスラックス、薄いブルーのジャケットに身を包んでいる。ロマンスグレーの髪をオールバックに撫《な》でつけ、銀縁眼鏡《ぎんぶちめがね》の奥に覗《のぞ》く目は穏やかで知的な雰囲気を醸《かも》し出している。保育園の園長、あるいはカトリックの神父というよりは学者という感じである。

「このたびはお手数をおかけしましたな」

容貌《ようぼう》通りの物静かな語り口である。

「盗まれた物がないか確認してください」

青山が要請すると三田村は園長室に入った。まずは金庫に向かったが、金庫は破られていない。それでも、念のために金庫を開けてみた。

「大した物は入っておりません」

言いながら三田村が取り出したのは銀行の通帳と実印、それに、土地の権利証、不動産

り、関係の書類である。落ち着いた表情で三田村は通帳の残高を確認した。それから立ち上が

「異常ありません」

三田村は断言した。

続いて三田村は机の抽斗《ひきだし》を開け、中を確認した。一段、一段、丁寧に調べる。机の上も抽斗の中もきれいに整頓され、三田村の几帳面《きちょうめん》さが窺《うかが》える。

「こちらも異常はありませんな」

机を調べ終わると、改めて園長室の中を見回った。書棚、キャビネットを確かめる。書棚には聖書をはじめとするキリスト教関係の本、幼児教育の本ばかりか歴史、哲学、自然科学の書物が整然と並べられ、環境問題についての文献も見受けられた。しばらく慎重な態度で確かめた後、

「盗まれた品物はありませんな」

三田村は言った。

「確かですか」

問いかけてから青山は聞いたことを悔《く》いた。沈着冷静な三田村を見れば、下した結論に間違いがあるはずはなかろう。

「空き巣は忍び込んでおいて何も盗まずに立ち去ったということですか」

メモを取りながら青山は首を傾《かし》げた。しばらく思案の後、

「一体、何のために忍び込んだのでしょう」

三田村に問いかけた。

「わたしに尋ねられましてもわかりませんな。ごく常識的に考えてみれば、忍び込んだはいいが、盗みたい品物がなかったということでしょう。大体、うちのような保育園に目をつけたこと自体、間抜けな空き巣です」

三田村は苦笑した。

りさ子は複雑な表情だ。警察に通報したことを悔いているようだ。無用に騒ぎ立て園長に迷惑をかけたと、申し訳なく思っているのかもしれない。

「不法侵入ですんだということですね」

青山が言うと、

「わたしとしましては、金品共に盗まれてはおりませんから、特に事件にすることはないと思いますが」

神父らしい慈悲であろうか、三田村は寛容である。

「ですが、不法侵入、器物破損であることは間違いありませんから。被害届を出すことをお勧めします」

青山は言った。

「わたしは被害届など出すつもりはございません」

三田村は案外と頑固なのかもしれない。言い出したことをひっくり返すつもりはないらしい。

すると、

「園長、被害届を出すべきだと存じます」

りさ子が凜《りん》とした口調で口を挟んだ。

「前田先生、必要ありませんよ」

穏やかに三田村は否定した。

「園児が心配です。園児に危害が及ぶことも考えられます」

断固としてりさ子は主張を曲げない。芯《しん》が強いのか頑固なのか。三田村は口元に笑みを浮かべ、

「前田先生のおっしゃることももっともですね」

りさ子に押し切られたような調子で三田村は被害届を出すことに応じた。

そこで青山のスマフォが鳴った。

岩根島警察署からだ。電話は代官山の小公園で殺人事件が発生し、容疑者を確保したことを告げた。

空き巣に続いて殺人事件とは。

青山は全身に血潮が駆け巡った。

鑑識係に空き巣現場は任《まか》せ、三田村に被害届を出すよう念を押してから署に戻ることにした。

三

夜九時四十分となった。

寅太郎は袴田から指定された小公園へと向かった。祥子から道順と距離は教わった。歩いて十五分程だそうだ。

張り切って出かけたのはいいが、釣果はシマアジが二尾だけだった。台風が接近しているため、海面が荒れ、三十分ほどで切り上げざるを得なかったのだ。

台風が過ぎ去ったら釣り船に乗って沖釣りを楽しもうと思いながら椿荘を出ると、右手に百メートル程進む。すると緩やかな坂道となっていた。夜空には星が輝いているが、雲もたち込めていた。しかも風が強くなっていて雲の流れが速い。

坂道の両側には丸い石を積んだ、丸垣が連《つら》なっていた。丸垣越しに蘇鉄《そてつ》などの南洋植物が夜風に揺れている。代官山公園は明治以前は江戸幕府の代官所が置かれていたというから、丸垣はその名残《なごり》であろう。公園は代官所跡に作られたそうだ。

坂を上る途中、

「この星空を壊したくありません」

とか、

「観光客のみなさんも訴えてください」

という反対運動の声が聞こえた。

政五郎が言っていた岩丸浩次たち反対運動の島民が星空を見に来た観光客相手に訴えかけをしているようだ。

ご苦労なことだと思いながら坂を上りきると、なるほど小さな公園があった。奥に広がる代官山公園からぞろぞろと大勢の男女が出て来た。口々に語られる言葉から星空を見るツアー客とわかった。星空を観賞していたが、反対運動のシュプレヒコールに嫌気《いやけ》が差したのか台風接近に備えてなのか、早めに切り上げたらしい。

「見上げてごらん、夜の星を、ってか」

呟《つぶや》きながら小公園に足を踏み入れる。

スマートフォンで時間を確認すると午後十時丁度だった。

少し歩くだけで、小公園の前を楽し気に語らいながら通り過ぎるカップル数組とすれ違った。

外灯に照らされた十坪ほどの小さな敷地には、ブランコが二つとベンチが二つあるだけであった。そのブランコに袴田らしき男が揺られている。こちらに向けた背中がどこか寂《さび》し気であった。

「袴田」

寅太郎は声をかけた。

袴田はブランコに揺られたままだ。

「おい」

声をかけながら近づいたが袴田は沈黙している。ここに至り、異変に気づき、袴田の肩に右手を置いた。すると、袴田の頭がぐったりともたれかかってきた。胸に深々とナイフが突き立っていた。青色のトレーニングウェアやブランコや地べたがどす黒い血に染まっている。

「袴田……」

呟いてから脈を確かめた。

既に袴田は事切れていた。

現場の保存に目を配り、スマートフォンを取り出す。警察に通報しようとしたところで、懐中電灯の眩《まばゆ》い光が目を刺した。自転車に乗った巡査が寅太郎を照らしている。

「何をやってるんですか」

厳しい口調で言うと巡査は自転車を停《と》め、歩いて来た。

「丁度いい」

寅太郎はスマートフォンを尻のポケットに仕舞《しま》って巡査に向いた。巡査は袴田の死体に気づいた。ぎょっとして一瞬固まった後に、凄《すご》い目で寅太郎を睨《にら》んできた。

「わたしが来た時には、袴田は、ああ、被害者のことだけどね、袴田は刺されていたんだ。まだ温かいから、刺されて時間は経《た》っていないようだね。すぐに緊急配備を敷いた方がいいよ」

寅太郎の言葉など無視し、巡査は手錠を取り出すと、何の躊躇《ためら》いもなく寅太郎にかけた。

「ちょっと、あなた、間違っているよ」

寅太郎の抗議も構わず、

「こちら、代官山小公園です。刺殺死体を発見。被疑者を確保しました」

巡査は胸の無線に語りかけた。

「ちょっと、ちょっと違うって」

「大人しくしろ」

使命感に燃えた巡査は怒鳴りつける。時を経《へ》ずしてサイレンの音が鳴り響く。程なくしてパトカーが到着し、年輩の巡査二人が下り立った。

「被疑者です」

巡査が報告すると、

「違うって！　被疑者逃げちゃうよ。早く緊急配備を……」

寅太郎は大きな声を放ったが、近づいて来た二人の巡査に威圧的な目を向けられ、パトカーに連れて行かれた。一人が岩根島警察署に無線連絡をし、鑑識係を要請した。

仕方ない。

警察に行って誤解を解こう。

寅太郎は岩根島警察署に連行された。

岩根島署は岩根島を南北に結ぶ中央通りにあり、道路を隔《へだ》てて東京都庁岩根島支所、岩根島消防署と向かい合っていた。

署員三十人の小さな警察署である。鉄筋コンクリート三階建てのビルには刑事課の他に生活安全課、交通課、総務課、そして地域課があり、地域課は六つの駐在所、一つの派出所を統括していた。

受付はあるが夜間とあって誰も座っていない。但《ただ》し、カウンターの向こうには各課別に机が並んでいて数人の警察官がいる。地域課の課員が忙しそうに駐在所とやり取りをしている。台風接近に伴《ともな》って外出を控《ひか》えるよう島民への呼びかけを行い、状況報告をさせていた。

カウンターの前を通り過ぎ、奥にある取調べ室に連れて行かれた。

腰に紐《ひも》をかけられ、椅子に座らされる。すぐにも取調べの警察官がやって来るだろう。

ふと、取り調べられる側の気持ちを思った。狭い空間に閉じ込められ、これからどうなるのだろうという不安に駆られる。なるほどこういうものかと思いながら、取調べが始まるのを待つ。

ところが、中々刑事が来ない。

早く緊急配備を敷かなければならないというのに。焦《じ》れて待つことしばし、刑事が入って来たのは午後十一時を回っていた。

若い刑事である。取調べは二人で行うものだ。容疑者とやり取りする者と調書を取る者だ。もう一人はどうしたのだと寅太郎が訝《いぶか》しんだところで若い刑事が、

「もうすぐ、署長が来ます。署長が来たら取調べを始めますから」

若い刑事は刑事課強行係青山淳一巡査部長だと名乗った。

「小さな警察署だから、署長自ら取り調べるというわけだね」

寅太郎が言うと、青山はむっとした顔で見返した。

「こちらの質問にだけ答えなさい」

「それより、緊急配備はしたのだろうね」

「緊急配備……、何のことだ」

青山はむっとした。

「決まっているじゃないか。袴田庄司を殺した被疑者を捕まえるんだ。もたもたしていると、逃げられるぞ」

「だから、おまえだろう被疑者は」

「違うって。何度言ったらわかってくれるのかなあ」

寅太郎は両手を広げた。

「これからの取調べで明らかになる」

「あたしの仕業じゃないんだよ。ま、この時間だし、台風が来ているから被疑者が島を離れることはないと思うがね」

寅太郎はあくびをした。

「こら！」

不謹慎だとばかりに青山が怒鳴《どな》った。

「すまん」

ぺこりと頭を下げた途端《とたん》に、またあくびが漏れる。怖い顔をする青山に、

「いえね、フェリーで寝られなかったんだよ。普段ならね、あたしは二時間も眠れば十分なんだ。ところが船酔いしちゃってね、参ったよ。竹芝の船着き場から十時間、酔いっ放し。それなのに、島に着いたら釣りがしたくなって、港の堤防まで行ったんだから、あた

しも利口じゃないね」

言い訳を並べる寅太郎に、青山は軽く舌打ちをした。

構わず寅太郎は続ける。

「ところで、台風、どうなっているの」

「台風か……、ええっと台風二十二号が、島の南南東から……」

説明しかけて青山は我に返り、

「そんなことはどうでもいいんだ。まず、名前を聞かせなさい」

「向坂寅太郎、昭和三十七年九月九日生まれ、干支《えと》は寅、だから親は寅太郎って名付けたんだ。単純な親だろう。九星《きゅうせい》は二黒土星《じこくどせい》だ。いやあ、今年の十月、強雨の中悪路を走る運勢だと高島暦に出ていたから覚悟はしていたんだけどね、まさか、殺しの被疑者だって疑われるなんて。日頃の心がけが悪いのかしらね」

自分の頭をぽんぽんと叩き、寅太郎は笑った。

青山はメモを取ってから、

「じこく……。何だって」

と、眉根を寄せた。

「おや、ご存じない」

「知らないよ」

「青山さん、若いからな、高島暦なんか読んだことないだろう」

「高島暦は知ってるよ。『男はつらいよ』をテレビで見ていたら、寅さんが売ってたよ」

青山の答えにうなずいてから、

「人には干支があるよね。辰《たつ》年とか丑《うし》年とか。その他に生まれ持った星があるんだ。青山さん、生まれは」

「昭和六十年の五月だけど」

「昭和六十年というと、丑年。六白金星《ろっぱくきんせい》か。あなた、負けず嫌いだね」

「まあ、どっちかというと」

「非常に真面目で仕事熱心、曲がったことが大嫌い、警察官にぴったりだ」

「そうかな」

青山の表情が和《なご》んだ。

「ただ、難がないこともない」

寅太郎は眉間《みけん》に皺《しわ》を刻んだ。

「何です」

青山は身を乗り出した。

「人との出会い……。良い出会いがあれば運が切り開かれるが、そうでないと、つまり、上司に恵まれないと苦労するということだよ。先輩や同僚、上司とはうまくやっているか。署長から信頼されているんだろうね」

「いや、それが」

青山の顔が曇る。

「結婚はしているの」

「まだです」

青山の声がしぼんだ。

「何も落ち込むことはない。まだ三十歳、これからだよ。あたしが結婚したのは三十五歳の時だったんだから」

「はあ……」

殊勝にうなずいたところではっと背筋を伸ばし、

「ぼくのことなど、どうでもいいんだ。おまえはいんちき占い師か」

「占いは趣味だって。それに、いんちきじゃない。ちゃんと高島暦に基づいている、いや、はっきり言って受け売りだ」

「なら、職業は何だ」

「あんたと同業だよ」

「何処《どこ》まで惚《とぼ》けているんだ。警察を舐めると承知しないぞ」

「本当だって。向坂寅太郎、警視庁本部刑事部長付、階級は警視だ」

「警視だと。どこまでうさん臭いことを言うんだ」

青山の目は三角になった。

薄くなった頭頂部、どんぐり眼《まなこ》は人の好さげな印象を与えるものの、人を食ったような言葉を並べる寅太郎に青山は詐欺師《さぎし》の匂いを感じたようだ。

「身分証を提示するよ。と言っても、手錠をかけられているから自分では出せん。すまんけど、ブルゾンのポケットに入っているから出してくれないかなあ」

申し訳なさそうに頭を下げる寅太郎に顔をしかめながらも、

「巡査が身体検査したはずだけどな」

青山は立ち上がり、ブルゾンを探り、身分証などないと言うと、

「おかしいな、ズボンのポケットかな」

寅太郎は立ち上がった。青山はズボンも調べたがないと首を横に振った。

「ああ、そうだ。リュックに入れたままだった。山本町の椿荘って民宿に泊まっているんだ。すまんが、取ってきてくれ」

「いい加減にしろ」

青山は机を叩いた。

「あんた、血の気が多いね。丑は丑でも闘牛だな。なら、正蔵《しょうぞう》に確かめるんだな」

「正蔵だと」

「ここの署長、坂上《さかがみ》正蔵だよ」

「どこまで馬鹿にするんだ」

勢いよく青山は椅子から立ち上がった。

勢い余って椅子が後ろに倒れ、がちゃんという音が響く。寅太郎は指を耳の穴に入れて顔をしかめた。

そこへ、

「ったくよ」

中年男が入って来た。

青山が直立不動の姿勢となり敬礼した。肩を怒らせた男の顔は赤らんでいる。息も酒臭い。

中年太りで目つきが悪く、げじげじ眉毛に団子っ鼻、警察官の制服を着ていなければやくざにしか見えない。制服にしたところで着崩れていて、やさぐれた雰囲気を醸《かも》し出していた。

「もう、一杯入っていたんだぜ。殺しの被疑者だって」

不満そうに男は寅太郎を見た。

「報告申し上げましたように小公園にて発生しました殺人事件の被疑者です」

青山の報告を正蔵は聞き流し目を凝らした。

次いで、

「寅じゃないか」

小さく息を吐き寅太郎を睨んだ。

寅太郎も、

「正蔵、部下の教育はしっかりしてくれよ」

青山は寅太郎と正蔵を交互に見比べた。

「署長、こいつ……、いえ、この方は……刑事なので……」

青山の声がしぼむ。

正蔵は舌打ちして、

「ろくでもねえ野郎だが、刑事ってのは本当だ」

「警視というのもですか」

「ああ」

ぶっきら棒に正蔵が答えると、青山は顔を引き攣《つ》らせ敬礼し、

「大変失礼しました。警視殿」

まじまじと寅太郎を見返したものの、警視と寅太郎の冴《さ》えない風貌が結びつかないようで小さく首を傾げた。

「若いの、人間誰しも間違いはあるよ。それよりも直ちに、緊急配備だ。といっても、も

う、ホシは行方をくらましているだろうから、現場付近の聞き込みを始めた方がいい」

「はい、直ちに」

青山が返事をしたところで、

「馬鹿、命令はおれが下す。おれが署長だ」

正蔵は言ってから、改めて聞き込みの指示を与えた。出て行こうとする青山を呼び止め、

「こいつは確かに警視庁本部の警視だ。でもな、刑事が人を殺さないとは限らない。目下のところ、最有力被疑者だ。取り調べるぞ」

「はあ、あのでも」

青山は躊躇《ためら》いを示したが、

「構わんよ」

寅太郎は笑顔で答えた。

「わかってるだろうが、黙秘権なんて使うなよ」

正蔵は言った。

「時間の無駄だね」

「おまえ、どうしてこの島に来たんだ」

「釣りだよ。なにせ、暇な身だからな」

「被害者との関係は」

「あたしが面倒みてやった男だ」

寅太郎は袴田が空き巣の常習犯であったことを語った。

「そうか」

正蔵はうなずく。

四

「空き巣……」

青山が思わずといったように口を挟んだ。

「どうした」

正蔵がうるさそうに睨む。

「先ほど、ご報告申し上げました、みどり保育園に侵入した空き巣です」

「園長は事件にしないって言っているんだろう。無理に事件にすることはないがな……」

「でも、空き巣は入ったわけですから、捜査はするべきだと」

「わかった、それはいいとして」

正蔵が返したところで、

「空き巣ってどういう事件だ」

寅太郎が興味を示した。

青山がかいつまんでみどり保育園で起きた空き巣事件を話した。

「現場の写真を見せてくれないか」

寅太郎が言う。

「わかりました」

反射的に青山は返事をしたが、正蔵が制し、

「勝手なことをするな。おまえは、殺人事件の被疑者なんだぞ」

それでも主張を曲げることなく、

「袴田は空き巣の常習者だった。あいつは更生したけど、ひょっとして保育園に入った空き巣犯という可能性は捨てきれん」

寅太郎が言うと正蔵は青山に持って来いと指示をした。青山が出て行ってから、

「あたしは、袴田と小公園で十時に待ち合わせた。何か話があるということだったんだ」

「それで、殺したのか」

正蔵はにんまりとした。

「そうだ、ぐさっと」

寅太郎はナイフを突き刺す真似《まね》をしてみせた。

正蔵は鼻で笑い、

「袴田の財布は取られていた。通り魔の仕業《しわざ》の可能性がある。だとしたら、代官山公園でパラダイスアイランド建設の反対運動をやっていた連中か星空を見物していた奴らの中にいる」

正蔵は真顔になった。

「あたしの容疑は晴れたのか」

「おめえは最低の野郎だがな、人を殺しはしねえ。それに、袴田はおめえが世話をしたんだろう」

「それだからって、あたしが犯人ではないと決めていいのか」

「おめえを逮捕したって、起訴まで持ち込めねえよ。持ち込めなきゃ、おれの立場は益々悪くなる。警視庁本部の警視を誤認逮捕したんじゃ、今度こそ、警察をくびだ」

正蔵は自分の首を手刀で斬《き》った。

「鬼の正蔵も島の空気が合って、優しくなったか」

「おれはな、おめえみてえに、要領よく立ち回ることができねえんだよ」

正蔵は皮肉げににやっとした。

「あたしの何処が要領がいいって言うんだ」

「自分の胸に聞いてみろ」

「さて、さっぱりわからないな」

寅太郎は首を捻った。

正蔵は立ち上がり寅太郎を見下ろした。

そこへ青山が入って来た。

「な、なんですか」

青山は慌てふためいて二人を交互に見た。正蔵は表情を落ち着かせ、青山から写真を受け取った。一瞥《いちべつ》してから正蔵は寅太郎に放った。寅太郎は写真を見た。

しょぼしょぼと眠そうにしていた目が鋭く凝らされた。鷹《たか》のような目……。いや、鷹のような冷たさではなく暗く淀《よど》んでいて獰猛《どうもう》な獣《けもの》を思わせる。青山は背筋がぞっとした。

「窓が三角割りにされている。三角割りは空き巣の常套手口だが、クレセント錠付近のガラスを最小限に割るという技は中々ない。この鮮やかさは袴田の仕業と見て間違いないだろうね」

断じた時には寅太郎の目は眠そうな目に戻っていた。青山はほっとした。

「ふん。デカの目になりやがったな」

正蔵は薄笑いを浮かべた。正蔵の言葉を無視して、

「空き巣事件があったのはいつだ」

寅太郎は問いかけた。

「昨日の晩のことと推察されます」

青山が答えた。

「昨日か……」

寅太郎は眉根を寄せた。

青山は昨日から園長の三田村源蔵が不在であったこと、園長室には保育士は滅多に行かないことで発見が遅れ、今晩の九時過ぎになって保育士の前田りさ子が通報してきたことを説明した。

正蔵が、

「袴田はこの島に滞在しているうちに、みどり保育園に狙いをつけたということだな」

と、吐き捨てた。

「でも、盗まれた品はなかったのです」

青山の疑問を受け、

「入ったはいいが、欲しい物がなかったのだろうさ」

重要なことではないと正蔵は決めつけた。

「園長も同じことを言っていました」

青山も納得したが、

「あたしにはどうも納得できないね」

寅太郎だけは疑問が晴れない。

「ともかく、空き巣犯が袴田としたら、被疑者死亡ということだ。これ以上、空き巣事件は捜査をすることはねえ。それよりも、袴田殺しだ。徹底して聞き込みをしろ」

正蔵は青山に命じてから寅太郎に向き直り、

「寅、もう、帰っていいぞ」

蝿《はえ》でも追い払うように右手を振った。

「乗りかかった船だ。あたしも協力するよ」

寅太郎が申し出ると青山は頼もしそうに笑顔を見せた。ところが、

「断る」

正蔵はにべもなく撥《は》ねつけた。

「手柄はここに残しておく」

寅太郎は言った。

「おめえなんかの手は借りん。妙な動きなんかしやがったら、公務執行妨害で逮捕するからな」

「あたしはね、親切心で手伝おうって言ってるの」

間延びした口調で返した。

「てめえがおれに親切にするわけがねえだろう」

「相変わらずの了見の狭さだな」

「抜かせ、このごますり野郎が」

「あたしのどこがごますりだ」

呑気な寅太郎の口調が硬くなった。

「てめえ、高卒のくせに警視になってるじゃねえか」

「試験に受かったからだ」

「試験に受かるはずねえだろう。てめえは、現場に出ずっぱりだったろうが。いつ、勉強なんかしたんだ」

「寝ずに勉強したんだよ。正蔵だって警視だろう」

「高卒に言われたくねえよ。おれは大卒だ」

正蔵は胸を張った。

青山は何か言いたそうだったが、ぐっと堪《こら》えるように直立不動の姿勢を取った。

「何も出世だけが人生じゃないよ。この正蔵を見てみろ。準キャリアで入ってからひたすらに出世街道を目指したっていうのに、今はこうしてこんな小さな」

と、言ってから寅太郎は口を閉ざした。その小さな署に望んで赴任し、懸命に働いている青山や署員への申し訳なさが胸をついた。

「とにかくな、寅、この島で起きた事件はおれが捜査する。おめえなんかに口出しさせせねえ」

「でもな、殺人事件となりゃ、帳場《ちょうば》が立つだろう」

寅太郎は言った。

帳場が立つとは、警視庁本部の捜査一課から捜査一課長や捜査員、管理官が乗り込んできて、捜査本部を立ち上げ、捜査は彼らの手に委《ゆだ》ねられるということだ。そうなれば、所轄は彼らのサポート役という役回りとなり、いかに署長といえど、捜査の指揮を執《と》ることは叶《かな》わない。

しかし、正蔵はにやりとした。

五

「台風が接近しているんだ。殺人事件の捜査本部は、台風が過ぎるまで立てられやしねえさ。それまでに、ホシを挙げてやるぜ」

正蔵は意気軒昂《いきけんこう》となり、青山を督励《とくれい》した。次いで寅太郎の顔を見ると、

「さっさと帰れよ。無罪放免だ」

正蔵が言い、寅太郎は腰を上げた。青山が腰の紐を解《ほど》き、手錠を外した。

取調べ室を出ると青山が玄関までついて来た。

「あの、警視殿」

　改まった様子で語りかけてくる。

「警視殿はやめてくれ。向坂さんとか寅さんでいいよ」

「は、では、向坂さん。向坂さんは署長とはどういうご関係なのですか」

「ご関係なんて上品なものじゃない。腐れ縁というやつだよ。あいつは何かとあたしのことを毛嫌いする。あたしの為《な》すことが全て嫌いなんだろう」

　寅太郎は笑った。

「どうして、署長は向坂さんのことを嫌っているんですか」

「決まってるじゃないか。あたしがモテモテの男だからだよ」

　大真面目《まじめ》に答える寅太郎に青山は口をつぐんだ。どう返していいのかわからないようだ。

「じゃな。地道に頑張るんだぞ」

　寅太郎は青山の肩をぽんと叩き、急ぎ足で出て行った。

　背中を見送り、寅太郎の姿が見えなくなったところでくるりと踵《きびす》を返し、青山は署内に戻った。すると正蔵が出て来た。

「署長、お聞きしてもよろしいですか」

「なんだ」

口調はぶっきらぼうではあるが、正蔵は機嫌がいい。というよりも、青山はこんなにも生き生きとした正蔵を見たことはなかった。殺人事件捜査が正蔵を活性化させているようだ。

「向坂警視殿と署長はどんな因縁があるのですか」

「あいつとか」

正蔵の顔が歪《ゆが》む。眉間に刻まれた皺が因縁の深さを窺わせた。

「いずれ、話してやる。あいつは、許せねえ野郎だ。おれはな、あいつに煮え湯を飲まされた」

正蔵の目に怒りの炎が立ち上った。それを見て、

「わかりました。直ちに聞き込みに向かいます」

青山はそそくさと署から出て行こうとしたが、はたと刑事課強行係の机に戻り、パソコンを立ち上げると警視庁にアクセスした。向坂寅太郎を検索する。

寅太郎は昭和三十七年東京都葛飾《かつしか》区金町《かなまち》に生まれた。フーテンの寅さんの葛飾柴又《しばまた》の隣町だ。ひょっとして寅太郎の両親は干支だけではなく、「男はつらいよ」が好きだったのかもしれない。都立江戸川《えどがわ》高校三年の九月に警察官採用試験に受かり、警視庁警察学校に入学して研修後に警視庁管轄下の交番に勤務した。昭和六十三年台風災害の救助活動で警視総監賞を受賞した。

平成七年の阪神《はんしん》・淡路《あわじ》大震災の際には兵庫県警に応援に赴《おもむ》いている。翌平成八年に巡査部長試験に合格して警視庁多摩中央警察署刑事課に配属された。結婚は翌年で一男一女の父親だ。平成十四年には警部補、平成二十二年には警部昇任試験に合格し、平成二十六年警視昇任試験に受かり、警視庁品川《しながわ》中央警察署刑事課長に就任した。

順調な出世だ。ノンキャリアの高卒、現場たたき上げとしては輝くような警察官人生である。

ところが今年、警視庁刑事部に異動。警視のまま刑事部長付という無役になったことが記され、青山は考え込んだ。

何か失態を演じたのだろうか。

そういえば、正蔵も品川中央警察署にいた。岩根島警察署の署長に赴任してきたのは今年の四月だ。寅太郎と正蔵の因縁は品川中央警察署で起きたのかもしれない。

正蔵も生まれは昭和三十七年、同じ歳ながら大卒とあって警察官としては後輩、ところが警視に昇進したのは正蔵が一年早い。二人の間にはライバル心があっても不思議はない。

もっとも、意識しているのは正蔵で、寅太郎はそれほど意識していないようだ。そして、正蔵の寅太郎に対する感情はライバルというより敵に対するように青山の目には映った。

寅太郎は民宿に戻った。

ロビーで政五郎が待っていた。寅太郎の顔を見るなり、

「うちの従業員が殺されたよ」

さすがに驚きの様子である。祥子も出て来て、それはもう大変な騒ぎだと語った。岩根島署から捜査員が来て色々と聞かれたそうだ。

「あんた、こんな遅くまで夜釣りをしていたのかね」

政五郎の問いかけに、

「警察に行っていたんですよ」

「警察に……」

祥子が訝しむ。

「どうして警察なんかに」

政五郎の問いかけに、

「逮捕されたんですよ。袴田殺しの容疑者としてね」

世間話でもするように寅太郎は答えた。

「はあ」

祥子は意味がわからないようだ。

それから政五郎が、

「この人、面白《おもしれ》えなあ。何処までが本当で何処までが冗談だかわからん」

「ほんと、お客さん、冗談は勘弁《かんべん》してくださいよ」

祥子もくすっと噴《ふ》き出した。

寅太郎も笑顔で応じ、

「袴田はいつからここに勤めていたんですか」

「おや、今度は刑事みてえなことを聞いていなさるぞ」

政五郎が言った。

「実はあたしがこの島に来たのは袴田に誘われたからなんですよ。釣り好きにはたまらねえ島だって」

「袴田さんとお友達なんですか」

祥子が聞いてきた。

「ええ、まあ。でも、お互い、何をやっているかなんて知らなかったんですよ。なにせ、知り合ったのは府中ですからね」

寅太郎が答えると、

「なるほど、刑務所か。どうりであんた、目つきが悪いと思ったよ」

納得した政五郎に、

「ちょっと、刑務所じゃないですよ。競馬場です」

寅太郎は訂正してから、

「十年ばかり前、府中競馬場のパドックで知り合ったんです。お互い、競馬場だけの付き合いだ。たまに、携帯で次のレースの予想なんかを聞き合ったりはしましたがね」

適当な作り話を並べたところで、

「袴田さん、本当は臭い飯を食べたことあるんだよ」

政五郎の口調が重くなった。

「親父さん、ご存じだったんですか」

「わかるさ。おれだって若い頃、ちょっとばかり臭い飯を食ったからな。わしは喧嘩だったが。袴田さんに聞いたんだ」

袴田は正直に窃盗の常習であったことを打ち明けたそうだ。打ち明けた上で、

「くびですか、って心配したんでな、わしはそんなつもりはねえって安心させてやったよ」

政五郎は却《かえ》って袴田が更生してがんばるよう励ましたそうだ。祥子も袴田の前科については触れないようにしたという。

寅太郎の脳裏に一年前の情景が浮かんだ。

刑期を終えた袴田が寅太郎を訪ねて来た。寅太郎は蕎麦《そば》屋で昼飯を御馳走した。

テーブルを挟んで向かい合い、袴田はかつ丼を食べ始めた。

「一遍、旦那の前でかつ丼を食べてみたかったんですよ。取調べ室でね」

「馬鹿、刑事ドラマじゃあるまいし」

苦笑を返す寅太郎に袴田は箸を置き、両手を膝に揃え、

「今度こそ、更生します。もう、二度と旦那の世話にはなりません」

涙ながらに頭を下げたものの、

「でも、説得力ないですよね。これまで、何度こんな台詞《せりふ》を言ってきたか」

「七度だ」

冷静に寅太郎は告げた。

はっとしたように袴田は顔を上げて、シャツの袖で涙を拭った。

「自分がぶち込まれた回数すら覚えていないのか」

「だから、おれって、駄目なんすかね」

「今更、自分が駄目だって責めても仕方ない。でもな、どんなに駄目でもいくら優秀でも生きていかなきゃならないんだ」

「生きてていいことありますかね」

「少なくとも死んだら、いいことを味わえないってことだ」

「前科七犯のおれにもいいことがあるのかな」

「あるかもしれんぞ。七転び八起きって言うからな。さあ、食え」

「七転び八起きか、いい言葉ですね」

袴田は箸を取ってかつ丼を食べ始めた。

笑顔がこぼれていた。

これまでに見た引き攣《つ》った媚《こ》びるような笑顔ではない。素直で柔らかな笑み、袴田という男の心を映し出しているようだった。

今度こそ、更生するに違いないと寅太郎は確信した。


「袴田さんが来たのは二月《ふたつき》ばかりまえのことでした」

袴田はふらりとやって来たという。最初は客としてだった。三日ばかり逗留《とうりゅう》して、

「働かせてくださいって」

袴田は雑用を何でもやると言って頼んできたという。夏の観光シーズン真っ最中とあって、人手が欲しいと思っていたところだ。例年は学生アルバイトを雇っているのだが、今年はアルバイトの応募者がなく、どうしようかと思っていたこともあり、袴田に働いてもらうことになった。

「袴田さん、とっても真面目でおまけに手先が器用なんですよ。それで、屋根の修理やら

水回りの修理やらも、袴田さんがやってくださって、パートのみなさんにも評判がよくってね。本当にこの島にも溶け込んで、これからって時にね」

祥子は語るうちにこみ上げるものがあるようで言葉を詰まらせた。袴田はこの民宿では相当真面目にやっていたということだ。その袴田が何故《なぜ》みどり保育園に空き巣に入ったのか。

いや、まだ、袴田と決めつけられないが。

「あいつ、確か、水戸の出身だって言ってました。茨城訛《なま》りがあったから嘘じゃないと思うんです。そんなあいつが岩根島とはどんな関係があるのですかね」

「わかりませんね。どうしてこの島に来たのかって聞いたら、旅行雑誌で見て海がきれいだと思ったたっておっしゃってたけど」

祥子は政五郎を見た。

「前科者じゃ、本土で仕事につけなかったんだろうけど、離島にしたって、この島をどうして選んだかはわからんな」

政五郎の言葉を受け、

「特に理由はなかったのかもよ」

祥子は言った。

「袴田は仕事の時間以外、何をやっていましたか」

「どんなことって」

祥子は政五郎と顔を見合わせた。

「まあ、ぶらぶらとしていたんじゃないか。釣りをやるか散歩するか」

政五郎は答えた。

その日によって違うが、大体昼休みが一時間、仕事が終わるのは九時半頃だそうだ。

「昨日の晩はどうしていたんですか」

「さあ」

祥子は首を傾げた。

政五郎が、

「出かけない時は気晴らしに『島育ち《しまそだ》』に行っていたよ」

すると祥子が島育ちとは椿荘を出て左に百メートル程行った先にある居酒屋だと教えてくれた。

「うちで飲めばいいのにって言っているんだがね」

政五郎が言うと、

「毎日、お爺ちゃんの相手をさせられたんじゃや、そりゃ、袴田さんだって嫌だわよ」

気晴らしに袴田は島育ちに行っていたそうだ。足取りを追う必要があるな。

「島育ちって、何時までやっているんですか」

「十二時で閉店だけど、客が残っていれば店は開けているよ。今は、パラダイスアイランド建設反対運動の連中が作戦会議をやっているからまだ営業しているんじゃないか」

政五郎に聞くと、

「ちょっと行ってきます」

寅太郎は言った。

「らっきょうを食べてみるといいぞ」

政五郎の勧めに、

「らっきょうか。食うと屁《へ》が出るな」

寅太郎は顔をしかめた。

六

島育ちにやって来た。

灯りが煌々《こうこう》と灯り、にぎやかな声が聞こえてくる。断固反対とか恩知らずの本条という不穏な声が道端にも漏れ聞こえてきた。

扉を開け、中に入る。

「やってやるぞ」

「おお」

いきなり大きな声が耳に飛び込んできた。

奥の座敷に陣取った連中がおだをあげているのだった。若い男女が生ビールや酎ハイを飲みながら意気軒昂だ。

「いらっしゃい」

若い板前が声をかけてきた。

気持ちのいいよく通る声である。カウンターとテーブル席は誰もいない。座敷の反対運動の連中だけが居残り、長っ尻を決め込んでいる。

「ここ、いいですか」

カウンター席を見た。

「どうぞ」

愛想よく返した板前は自《みずか》らおしぼりを出してくれた。飲み物を聞かれ、「ビール」と答えると、生《なま》か瓶《びん》かと返され瓶と答えた。板前が一人で切り盛りをしている。

「お待たせしました」

板前が瓶ビールを持って来た。

ちゃんと大瓶であることがうれしい。突き出しはらっきょうだった。

「いいお店ですね」

挨拶代わりに誉《ほ》めると、

「親父がやっていたんですけどね、去年死んでしまって、後を継いだってわけでして」

板前は恩田光夫《おんだみつお》と名乗った。

「何処かで板前修業をしていたのですか」

「大阪の料理屋です」

恩田は答えた。

メニューを見ると鰻《うなぎ》は東京、大阪流両方できるとしてあり、夏には鱧《はも》が売りともあった。鰻に限らず、東京、関西双方の料理が揃っていた。もちろん、岩根島の郷土料理もある。

「お客さん、東京からですか」

「釣りに来たんですがね、台風が接近していますでしょう。まったく、ついてないよ」

「天気予報、確認しなかったんですか」

もっともな質問に言葉に詰まり、寅太郎はメニューに話題を転じた。

「何か、お勧めはないかな。らっきょう以外で」

「明日葉《あしたば》、どうですか。島の名物ですよ」

「明日葉をどうやって食べるんですか」

「天麩羅《てんぷら》にしたり、バターでいためたり、お浸《ひた》しもありますよ。それに、うちは居酒屋なんで出していませんが、明日葉のアイスクリームやシャーベット、ドーナッツなんか、島の代表的なスイーツですよ」

にこやかに勧められたがどうも食指が動かない。他にないかとメニューに視線を向けると、

「では、島寿司なんかいかがですか」

「おお、いいですね」

コップにビールを注《つ》ぎ、ぐいっと呷《あお》った。

やはり、ビールは美味い。

せっかくいい気分になったというのに、反対運動の連中の大きな怒鳴り声が聞こえてくる。いい加減にしてくれと耳を塞《ふさ》ぎたくなった。先ほども聞いたのだが、本条は恩知らずだという言葉が繰り返し聞こえた。恩田は手際よく島寿司を用意した。

「メダイを醬油《しょうゆ》に漬《つ》け込んだんです。山葵《わさび》じゃなくて辛子《からし》で食べてくださいね」

握り寿司が並べられた皿には辛子が添えてあった。言われるまま辛子を付けて食べてみた。醬油漬けにされたメダイと酢飯の甘味を辛子がいい具合に引き立てている。ぐいっとビールを飲むと堪えられない。

思わず息を吐いたところで、

「お腹が空いていらしたら御赦免《ごしゃめん》盛りも用意できますけど」

愛想よく恩田が声をかけてきた。

「御赦免盛りって、どんな料理ですか」

「八丈島から御赦免船に乗った流人《るにん》たちを祝って島で出したんです。八丈島に向かう流人船は島の東側にある流人浜で休み、赦免された流人は西側にある赦免浜で休んだんですよ。明治になってから流人にちなんだ地名はよくないということで、流人浜は鶴ヶ浜と改められたんです。で、赦免浜は埋め立てられて堤防になったんです」

料理は大皿に鯛《たい》や鰹《かつお》など季節の魚を豪快に盛り付け、岩海苔《いわのり》を添えてあるそうだ。

今は食べられそうにない。

島育ちの客は観光で訪れる者も多いのだろう。観光客に配慮した恩田の気遣いがうれしい。客の嗜好《しこう》に合わせながらも、岩根島の味を知ってもらおうという料理人としての心意気も感じられ、寅太郎は恩田に好印象を抱いた。

御赦免盛りを丁重に断ると、座敷から賑やかな声が聞こえてきた。

「反対運動、盛り上がっていますね」

寅太郎はちらっと座敷を横目で見た。

「ええ、そうなんですよ」

恩田は肩をそびやかした。

「でも、島には賛成派もいるんでしょう」

「ええ、そうですね」

「賛成派と反対派がこの店に来たりしないのですか」

「その辺のところは、お互い、牽制《けんせい》し合っているようですよ」

恩田はえへへと曖昧に言葉を濁した。

「さっきから、本条がどうのこうのって言ってるけど、代議士の本条義男のことかい」

政五郎が本条が来島していると言っていたことを思い出した。

「そうです。本条義男のことです」

「で、どうして裏切り者なんですか」

「本条は岩根島の出身なんです」

「自分が生まれ育った島を汚す気かと、反対派からは批難されているわけだ」

寅太郎が言ったそばから、

「本条、許さん！」

ひときわ大きな声が上がった。

政五郎から聞いた岩丸タクシーの次男坊、岩丸浩次だ。なるほど、若者の中心になって反対運動を仕切っている。

恩田が賛成派にも反対派にも与《くみ》しないのは、商売上の理由の他に料理人としての矜持《きょうじ》があるような気がする。へらへらとした愛想笑いの下には、政治的な動きに惑わされることなく父から受け継いだ味を守り、客に提供したいという強い信念が窺えてならない。料理を味わっただけで、恩田の仕事ぶりは並々でないとわかる。

反対運動を推進する岩丸たちは自分たちこそが正義、島のために尽くしているのだと気取っているが、寅太郎の目には反対運動を肴《さかな》にして浮かれ騒いでいるように映ってしまった。

「ところで、この店に椿荘の袴田って男が飲みに来ていたでしょう」

「袴田さん、ああ、いらしていますよ。今日はいらしていませんが」

寅太郎は逡巡《しゅんじゅん》したがどうせわかることだと、

「さっきね、殺されたそうですよ」

「ええっ」

恩田は絶句した。

次いで、

「誰に殺されたんですか」

「まだわからないそうです」

「いい人だったんですけどね」

袴田は愛想がよく、カウンターの隅《すみ》で遠慮がちに静かに飲んでいたそうだ。それで、帰り際に、

「必ず美味《おい》しかった、ありがとうって、声をかけてくれましてね」

週に二日ほど袴田は飲みに来たそうだ。長居はせず、大抵はビール一本と酒を一合飲んで小一時間ほどで帰って行った。

「最近はいつこの店に来たんですか」

「一昨日《おととい》ですね」

恩田は店内に飾られたカレンダーを見ながら答えた。健康的に日焼けした水着モデルの写真が目に飛び込んできた。

恩田は包丁を研《と》いでいた手を止めて、

「そういえば、一昨日の晩、袴田さん、珍しく遅くまで飲んでいましたよ」

袴田は深酒をしていたそうだ。カウンターの片隅で閉店になるまでいたのだった。

「何か話をしていなかったですか」

「いや、特には……」

「何でもいいから思い出せませんか」

「そうですね……。そういえば結婚はまだかとかくらいですかね。自分、独身ですから」

恩田は特に不審な点は感じなかったそうだ。

反対運動の連中は盛り上がっている。明日、本条の集会があり、反対派はそれを潰《つぶ》してやろうと息巻いている。どのみち、台風で集会は中止されるだろうと寅太郎は思った。

一時半を回り、寅太郎は腰を上げた。座敷を見ると、おだをあげていた連中の内の何人かが鼾《いびき》をかいていた。

座敷の中に見覚えのある若い男がいた。椿荘に宿泊している男だ。民宿に泊まっているということは島の人間ではない。政五郎が言っていた本土からやって来た反対運動に参加する環境保護団体エターナルグリーンの一員ということだろうか。

民宿に戻り、布団《ふとん》に横になった。

スマフォを取り出し、電話をかけた。コールが十回鳴ってから留守電になった。メッセージを吹き込もうとしたが、もう午前二時に近いとあってやめた。電話を切るとすぐ、かかってきた。

「夜分、畏《おそ》れ入ります、警視長殿」

寅太郎が一声を発すると、

「警視長殿はやめてくださいよ」

「なら、刑事部長殿」

「寅さん、警視庁本部じゃないんですから」

苦笑交じりに警視庁刑事部長天宮幸一《あまみやこういち》は言った。

天宮は東大卒のいわゆるキャリア組、順調に出世の階段を上っている。寅太郎が巡査部長試験に合格し、多摩中央警察署の刑事課に配属された時、警察大学校で研修を終えた天宮も刑事課に配属された。といっても、天宮はキャリア、階級はいきなり警部補である。ところが現場経験のない天宮は寅太郎とコンビを組み、寅太郎を何かと先輩と立て、エリート意識を微塵《みじん》も見せずに現場を駆けずり回った。以降、天宮は寅太郎に親近感を抱いたようで、今では警察をくびになりかけていた寅太郎を引き取って自分の下に置いている。

「おい、殺しが起きたぞ」

寅太郎が言うと、

「警視庁管轄下で殺人事件発生の報告は一時間前に受けました。岩根島署の坂上署長からです」

「正蔵の奴、ちゃんと報告したんだな」

「寅さん、今、どちらですか」

「岩根島だよ」

「本当ですか」

天宮の声が裏返った。

「休暇申請しただろう」

「休暇理由は私用としか書いていなかったじゃありませんか。まさか、岩根島とはね」

天宮は困惑し始めた。

「ガイシャの袴田はあたしが面倒を見てやった男でね、袴田に誘われてやって来たってわけだ」

「事情はわかりましたが、よりによって岩根島署とはね」

「正蔵との因縁を心配しているんだろうけど、まあ、そこはうまくやるよ」

「うまくやるって、まさか、捜査をするんじゃないでしょうね」

「まさかっていうのはな、捜査しないってことだよ」

寅太郎が返すと一瞬の沈黙の後、

「止めても無駄ですね。寅さんは休暇中、休暇中ということです」

天宮は言った。

「そういうこった。休暇は楽しまないとな。警視長殿も休暇を取るべきだぞ」

寅太郎は電話を切った。

袴田、絶対に仇《かたき》は取ってやるからな。

犯人は自分の手で挙げると心に誓った。

第二章　パラダイスアイランド

一

「父さん……」

寅太郎は絶句した。

病院の死体安置室の前、父幸太郎《こうたろう》の同僚たちが寅太郎を出迎える。

「向坂警部補の御子息ね」

婦人警官が声をかけてきた。寅太郎がうなずくと、

「向坂警部補、一時間程前に息を引き取られました」

婦人警官が言うと他の刑事たちが一斉《いっせい》に頭を下げた。

「父さんが……」

言葉が繫がらない。

新宿《しんじゅく》で覚醒剤に錯乱した男が刃物を振り回していた。道行く人々は蜘蛛《くも》の子を散らすように逃げ去ったが、小学生の男の子と女の子二人が恐怖の余り、逃げ遅れてしまった。偶々《たまたま》通りかかった幸太郎は二人を庇《かば》い、男の刃《やいば》を受けた。駆け付けた警察官によって男は取り押さえられた。直ちに幸太郎は救急病院に搬送されたが、出血多量により死亡したのだった。

婦人警官の説明を聞いた寅太郎は呆然とし、言葉を発することも涙を流すこともできずにいる。

顔に白い布切れを掛けられた幸太郎の遺体の側に立つ。

寅太郎は両手で布切れを捲った。

「ああっ」

幸太郎の顔がない。

のっぺら坊が横たわっていた。

目が覚めた。

汗ぐっしょりである。

父が殉職したのは寅太郎が高校二年の秋、十七歳の誕生日を迎えた翌日のことだった。

誕生日を祝ってくれなかったことを不満には思わなかった。毎年のことだったからだ。

父が刑事であることが小学生の頃は誇らしかった。刑事ドラマの影響でクラスメートから尊敬の目を向けられ、寅太郎もドラマの刑事を父と重ね、うれしかったのだ。しかし、中学生になると次第にドラマで見る刑事と現実の父のギャップに気づき、反抗期ということも手伝って父への反発心が芽生えた。

家ではにこにことしているが口数は少なく、いかにも頼りなさそうだった。刑事という職業に抱く、正義感、力強さ、あるいは颯爽《さっそう》とした雰囲気のかけらもなかった。一年中、くたびれたジャージを穿《は》き、髭《ひげ》は剃《そ》ったり剃らなかったり、あくびを連発し、放屁《ほうひ》も珍しくなかった。家にいる時はくつろいでいるのかもしれないが、こんな人が市民の生活を守れるのだろうかと疑問に感じていた。

時折高島暦を開き、今日の運勢を見たりしていた。幸太郎は昭和六年生まれ、未年《ひつじ》で六白金星、死んだ年は年男だった。殉職した日の朝、高島暦を見て今日は吉日だと言っていた。占いなんか当てにはならないと寅太郎は思ったものだ。

そんな父が赤の他人の子供を助けるために犠牲となった。刑事ドラマのようなヒーローを演じた。殉職し、二階級特進した父は向坂警視として葬儀を営まれた。葬儀場には警視庁管轄下の大勢の警察官が参列した。父によって命を救われた小学生の両親も小学生と共に葬儀に顔を出し、寅太郎や母菊枝《きくえ》、妹洋子《ようこ》と咲子《さきこ》に何度も頭を下げ、涙ながらに礼を言った。

寅太郎は上の空だった。

父はヒーローとなってから余計遠い存在となった。

顔を思い出せないのだ。

病院の死体安置室で対面した幸太郎には顔がなかった。

首なし死体だったということではない。

白い布切れを捲り上げた瞬間、父の顔がわからなくなった。見たには違いないが、どんな顔をしていたのか思い出せない。写真は残っているから顔を確かめることはできる。写真に写っている幸太郎は笑顔だった。母によると、寅太郎が小学校三年生、洋子が一年生、咲子が五歳の時に行った後楽園《こうらくえん》遊園地で撮った記念写真だった。おそらく作り笑いなのだろう。幸太郎の目は笑っていない。

そのせいか、父と実感できず、まるで他人だ。

死体安置室で対面して以来、寅太郎は幸太郎の顔を思い出すことができないのだ。

高校三年生の時、大学に進学をせず警察学校に入ることにしたのは、二人の妹を大学にやるためもあったが、父の顔を思い出したくなったからだ。

父と同じ刑事になれば父の顔を思い出せるかもしれない。家ではぐうたらな父が赤の他人の子供のために命を投げ出した心情、それは刑事魂というものかもしれない。だとすれば、父が持っていた刑事魂を知れば父の顔を思い出すかもしれないのだ。

警察官となり、父を知る者たちから生前の父のことを聞いた。息子の手前なのか、みな、立派な刑事だったと言い、様々なエピソードを語ってくれた。なるほど、幸太郎は刑事としては優秀だったようだ。普段は温厚だが、犯罪捜査にのめり込むと鬼にもなったそうだ。お父さんのようになれと激励されるたび頑張りますと答えてきたが、父との距離は縮まらなかった。それどころか、家と職場での父のギャップに困惑し、益々遠い存在になった。

父に負けないよう、いや、父を超えようと奮闘した。警視総監賞をはじめとする数々の表彰を受け、階級も警視となった。それでも、父の顔を思い出せない。

高島暦を読むようになったのも父の影響だ。運勢が当たる、当たらないではなく、父の心情を知りたかった。厳しい捜査の毎日、日々の移ろいを高島暦で味わっていたのかもしれない。

警察官になり立ての頃は、父を思い悶々《もんもん》とした夜を過ごし、眠れぬ日が続いた。それでいつしかショートスリーパーになっていったのだ。

窓を強い風が揺らしている。島は暴風域に入った。布団を抜け窓辺に行く。窓を開けた途端に強風が吹き込んできた。分厚い雲に覆われた空からはまだ雨が落ちていないが、間もなく大雨が島を襲うに違いない。窓を閉め、テレビをつけた。

午前八時を回ったところだ。

寝たのは六時だから睡眠時間二時間余り、寅太郎にとっては日常通りである。

この天候では島への出入りはできない。つまり、袴田を殺した犯人は島にいる。

巨大な密室と化した岩根島に警視庁本部から捜査員が乗り込んで来るのは台風が去ってからだ。天気予報によると、台風が通過するのは今夜である。坂上正蔵は捜査本部が立ち上がる前に犯人を挙げようと躍起になっているに違いない。

あいつのことだ。

警視庁本部の鼻を明かしてやりたいと意地になっていることだろう。

寅太郎はトラックスーツに着替えた。黄色地に黒のラインが入ったつなぎのスポーツウエアで、ブルース・リーが遺作となった、「死亡遊戯《しぼうゆうぎ》」で着ていたものだ。

ブルース・リーに憧れ、高校生の頃にはヌンチャクを通信販売で買った寅太郎である。特にこのトラックスーツ姿のブルース・リーの印象が忘れ難く、刑事になってからも自宅で着用し、少林寺拳法の型を真似るのを楽しみとしてきた。五十を過ぎてからは年々似合わなくなっていることは自覚している。正蔵ほどではないにしても腹が出て、トラックスーツを着ても颯爽とはいかない。それでも着たくなる。ましてや、殺しの捜査を行おうという戦闘モードに駆られたとあっては尚更だ。

高島暦を手に部屋を出ると祥子と出くわした。トラックスーツ姿の寅太郎に一瞬祥子は

目を見張ったが、

「お早うございます。よく眠ることができましたか」

「ぐっすり、眠れましたよ。台風、やって来ましたね」

「凄い風ですね」

慣れた様子で答えると祥子は一階の食堂に朝食が用意してあると言った。

大して空腹は感じていないが温かいご飯を一口食べ、味噌汁《みそしる》を啜《すす》れば食欲が湧くものだ。

椅子とテーブルが並べられた殺風景な食堂では男が一人食事をしていた。居酒屋島育ちで岩丸浩次たちを煽っていた男だ。未だ歳若い。二十二、三歳といったところか。左で箸を持っているところを見ると左利きのようだ。

テーブルには民宿らしく味噌汁とご飯の和食が用意されている。鰺《あじ》の干物にシラスおろし、生卵が添えてある。味噌汁の具は岩海苔だった。

予想通り、食欲が湧いてご飯をお替わりした。

祥子が食器を片付けにやって来た。

「向坂さん、袴田さんのお身内、ご存じないですかね」

「どうしました」

「遺品をね、どうしようかと思いましてね」

「どんな物ですか」

「ここにやって来た時に持っていたバックパックだけなんですけどね」

下着や衣類は処分するとしてどうしようかという品々があるのだとか。寅太郎は見せてもらおうと言った。祥子は一旦食堂から出て行った。

男も食事を終え、食堂からいなくなった。

さて、今日の運勢はと、寅太郎は高島暦を開き、十月三日の運勢を見た。二黒土星は遊行買物、会食恋愛は吉だが後悔する事も多い、とあった。

ならば、悔いのない日にすればいい。


祥子はバックパックを持って来た。寅太郎が受け取り中身を取り出す。携帯電話は遺体と共に岩根島署が持って行った。ここにあるのはキーホルダー、それに工具類と達磨《だるま》の置物、あとは神社の御守《おまもり》であった。工具類を見ると、空き巣に入る際の道具であろう。すると、袴田は足を洗っていなかったということだろうか。

祥子が、

「袴田さん、この工具でよく修繕してくれたんですよ。うちの工具は慣れていないからって、御自分の工具を使って、大工仕事なんかもしてくれたんですよ」

そこに、

「祥子」

政五郎の声が聞こえた。

「は〜い」

祥子は元気よく返事をすると食堂から出て行った。

達磨の置物を手に取った。両手に乗るくらいの小さな達磨だ。

ふと、袴田にかつ丼を御馳走してやった時のことを思い出した。前科七犯だが、七転び八起きだと励ましてやった。袴田はうれしそうだった。もしかして、七転び八起きを意識して達磨の置物を手元に置いていたのか。

寅太郎は胸が痛んだ。

感傷に浸っている場合ではないと、次いで御守を調べた。鹿島神宮《かしまじんぐう》の御守だ。中を見てみる。

そこには、二枚の写真が入っていた。小さく折りたたまれた写真を開き、指で丁寧に折り目を伸ばした。

色があせてはいるがカラー写真で、道端で三人の男女が写っている。男は袴田だ。とっくりのセーターに紺のジャケットを重ね、灰色のスラックスに身を包んだ袴田は髪がふさふさとして若々しい。真ん中に小さな女の子、もう一人写っている女は袴田の女房であろう。薄いベージュのワンピースを着た地味な女だ。

袴田は東京の北千住《きたせんじゅ》にあるメッキ工場で工員として働いていた。メッキ工場が倒産したのは平成十二年、袴田が三十七歳の時だった。この写真はメッキ工場に勤めていた頃に違いない。

続いて、女の子一人の写真があった。千歳飴《ちとせあめ》を持ち、微笑《ほほえ》んでいる。後景に神社の拝殿が写っていた。この御守を買った鹿島神宮で七五三を祝った写真のようだ。

裏返すと、平成六年十一月十五日、りさ子、七歳の七五三と書いてあった。

「平成六年で数え七歳ということは……」

寅太郎は高島暦を開いた。

「昭和六十三年生まれか。干支は辰《たつ》、九星は三碧木星《さんぺきもくせい》か」

呟いて、更に頁を繰《く》る。

「辰年生まれは苦しい事に耐え、愚痴《ぐち》一つこぼさずに頑張りますが、時々耐え切れずに爆発してしまいます、か」

袴田の娘のりさ子は、袴田と母親の離婚で、決して楽な暮らしではなかっただろう。それでも、愚痴をこぼさずに頑張っているのだろうか。

ともかく、平成六年、つまり二十一年前は袴田も幸せな家庭を築いていたというわけだ。空き巣を繰り返すようになり、寅太郎の世話になった頃には女房とは離婚していた。取調べの際の雑談で娘がいると言っていたことを思い出した。女房はどうしたのだろう。

御守を大事に仕舞ってあるところを見ると、袴田は女房と娘に未練を持っていたに違いない。離婚してから女房と娘には会ったことはあるのだろうか。

しばらく写真を眺めながら寅太郎は思いに耽《ふけ》った。

そこへ祥子が戻って来たため、寅太郎は写真を御守に仕舞った。

「袴田の身内を探してみますよ」

「向坂さんにお願いしていいんですかね」

「任せてください」

「向坂さん、公務員ですよね。もしかして都庁関係ですか」

「まあ、そんなところです。なに、時間ならたっぷりあります。袴田の出身地の役所にでも問い合わせてみますよ」

袴田のデータは残っている。本籍地を手繰《たぐ》り、戸籍を調べれば離婚した妻のこともわかるだろう。

いったい、袴田庄司は誰に殺されたのだ。

昨夜は近くの代官山公園には大勢の人出があった。観光客と反対運動の連中だ。岩根島署は昨晩の内に聞き込みをやったはずだ。

成果が上がったのだろうか。

案外あっさりと、被疑者を確保したのかもしれない。

それにしても袴田、どんな話があったのだ。

二

寅太郎が釈放されてから、岩根島警察署刑事課による聞き込みが行われたが、はかばかしい成果は得られなかった。小公園の周辺は人通りがなく、代官山公園で星を見ていた観光客や反対運動の者全てを把握できたわけではない。

午前一時以降、深夜ということに加え岩根島が暴風圏に入ったとあっては、正蔵が怒鳴ろうと聞き込みはできなかった。

朝になって、青山淳一は袴田がみどり保育園に空き巣に入ったという点と園長の三田村源蔵も代官山で反対運動に加わっていたことを考え合わせ、三田村を再訪した。今日は土曜日だが、台風が来たということで保育園は休み、三田村は園内にある自宅にいた。

パトカーを門の脇に停め、レインコートを着込み、傘を持って外に出た。横殴りの雨が降りかかり、ビニール傘を開いた途端に、傘の骨が折れてしまった。舌打ちをしてパトカーの中に傘を入れ、門から母屋《おもや》の玄関までを走ろうとした。

しかし、猛烈な暴風雨にさらされ、わずか五メートル程の距離を前屈《まえかが》みになってよろけながら、やっとのことでインターフォンを鳴らし、中に入ることができた。レインコート

を玄関の三和土《たたき》に置き、

「こんな日にすみません」

雨でぐっしょり濡れた頭を青山はタオルで拭いた。

「大変ですな」

三田村は応接間へと青山を導いた。

応接間は簡素な洋間で、壁を飾るのは額に入った写真の数々である。白黒の古めかしい写真があり、額の中に昭和三十年五月十日と記されている。保育園創立の時のようだ。今日に至るまでの歴史を辿ることができる。

「どうぞ」

三田村はコーヒーを淹《い》れてくれた。

わずかな距離ながら風雨に打たれた身体に温かいコーヒーはありがたい。一口啜ると人《ひと》心地《ごこち》ついた。

テーブルを挟んで向かい合って座り、

「空き巣ですが……」

と、青山が切り出すと、

「その件なら、申しましたようにわたしは事件にするつもりはありません。そうは言っても、捜査をしないわけにはいかないのですな」

銀縁眼鏡の奥で目が穏やかな微笑みをたたえた。

「空き巣と思われる男が判明したのです」

「さすが警察は迅速《じんそく》ですな」

「袴田庄司といいまして、民宿椿荘で働いていた男です」

「袴田を逮捕されたのですか」

三田村もコーヒーを飲んだ。

「袴田は、昨晩殺されました」

青山の答えに三田村の目元が引き締まった。

「殺された……」

三田村は戸惑いを示した。

青山は袴田が昨晩の十時前後に小公園のブランコで刺殺されていたことを語り、

「容疑者は不明です」

と、言い添えた。

三田村は訝し気に、

「で、刑事さんはこの保育園に何か手がかりがあるとお考えなのですか」

「藁《わら》をも、という奴です。園長、まことに恐縮ですが、もう一度お尋ねします。盗まれた品はなかったのですね」

「ありませんでした。念のため、刑事さんがお帰りになってから、もう一度確かめたのですが、やはり被害はありません」

「袴田は空き巣の常習犯でした。これと狙いをつけた家に盗みに入って、現金を奪っていたそうです。こちらの保育園に狙いをつけたということに何かお心当たりはありませんか」

「そうですな、わたしが留守がちであることに目を付けたのかもしれませんな」

パラダイスアイランド建設反対の指導者となっていることから、反対運動の集会に出席しており、留守がちであったことに袴田が目を付けたのかもしれないと三田村は言った。

「なるほど、そうかもしれませんね。ところで昨晩、園長は代官山公園にいらしたのですね」

「刑事さん、まさか、わたしが袴田を殺したとお考えなのではないでしょうな」

三田村は失笑を漏らした。

「いえ、そんなことは考えておりません。ただ、園長がいらした代官山公園と小公園は目と鼻の先ですから、ひょっとして小公園に向かう者を目撃されたのではないかと思ったのです」

「あいにくですが、わたしは島のみんなと反対運動で盛り上がっておりました。小公園に注意を払ってはおりません。すみません、お役に立てず」

軽く頭を下げる三田村に、ごもっともですと青山は答え、ふと壁の写真を見やった。

若き日の三田村と思しき男が子供と魚釣りをしている。子供がメダイを釣り上げ、横で三田村がよくやったというように頭を撫でている写真であった。

青山の視線を追った三田村は立ち上がり写真の側に立った。青山も横に行く。

「本条義男ですよ」

三田村は呟くように言った。

「衆議院議員の本条義男ですか」

「うちの園児でした」

三田村の口調が硬くなった。明らかにいい感情を抱いていない。パラダイスアイランド建設の推進と反対という、正反対の立場になってしまったのだ。

「義男の父親の定男《さだお》は義男と佳世子《かよこ》さん、義男の母親ですが、二人を置いて島から出て行ってしまいました。定男は島の中学校の教師だったのですが、酒と賭《か》け麻雀《マージャン》で身を持ち崩しましてね。佳世子さんとは離婚したんです。義男が小学校一年の時でした。以来、父親は行方不明です。それ以来、わたしは義男と佳世子さんの面倒をみてきたのです」

三田村は言った。

「聞いたことがあります。反対運動の者たちが本条は恩知らずだと言っていますね。園長のお蔭で大学まで行かせてもらったのに、その園長を裏切るとはどういう男だと批判していました」

「わたしは恩を着せようとは思っておりません。確かに大学進学にあたって、多少の援助はしました。ですが、それは、わたしが義男の将来を見込んだからです。義男は賢《かしこ》く、素直でした。ですから、そのことはいいのです。ただ、悲しいのは、彼は忘れてしまった……」

三田村は言葉を詰まらせた。

父がいなくても本条義男はのびのびと育った。彼を育《はぐく》んだのは岩根島の自然だと三田村は言った。

「彼はこの笑顔を失ってしまった」

三田村は写真の中の少年をじっと見た。メダイを釣り上げ、はち切れんばかりの喜びに満ち溢れている。

「最近、本条さんと会っているのですか」

「パラダイスアイランド建設を聞いた時に会いました。わたしは、強く反対しました。しかし、義男は岩根島の地域振興になると言って譲らなかった。パラダイスアイランドは近隣の離島のためにもなるとし、多くの観光客と雇用をもたらすと」

三田村は言葉を区切った。

「なるほど、政治家としては一理あるのでしょうな」

「ふん」

三田村の顔が皮肉に歪んだ。

おやっとする青山に、

「要するに出世ですよ。地方創生に成果を上げ、次にはいずれかの大臣になりたいのでしょう」

言葉を返すことができない。

三田村の無念さが手に取るようにわかる。

「パラダイスアイランドが岩根島の自然環境の破壊をもたらすことはないと、義男も船岡商事も言っています。環境には十分に配慮すると。しかし、どんな施設でも人が運用する以上、完璧ということはありません。わたしはこの島の空や海、大地を汚したくはありません」

語るうちに三田村は熱い思いをたぎらせた。

「目下のところ、賛成、反対に二分されていますね」

「推進派はいよいよとなったら強硬手段に訴えるかもしれませんが、わたしはたとえ殺されても引く気はありません」

「殺されるなどと」

大袈裟《おおげさ》ですよと言いかけたところで青山は口をつぐんだ。三田村の目は真剣そのものであり、とても冗談めかすことなどできなかった。

「すみません。刑事さんには関係のないことですな。刑事さんはいずれ本土にお帰りになるのでしょう」

「異動命令があれば、任地を選ぶことはできません」

正当な意見なのだが、それが言い訳がましく響いてしまう。どうせ、腰かけの者がパラダイスアイランド問題を軽々しく語るべきではないという思いが胸を突き上げたのだ。それを見透かしたように眼鏡の奥の三田村の目が冷たい光をたたえた。

「失礼しました」

青山は一礼して外に出た。

凄まじい暴風雨が吹きすさんでいた。青山はレインコートを着込み、深呼吸してからパトカーに向かった。


岩根島署の署長室では正蔵が苛立ちを募らせていた。天気予報によると、台風は速度を速め、予想よりも早く、夕方には抜けて行く。すると、明日には警視庁本部から捜査員たちが乗り込んで来る。ヘリコプターを使い、昼には到着するだろう。

「明日の昼までに、容疑者を確保してやらんとな」

独り言を呟いた。

捜査本部が出来たら、いきなり容疑者確保を報《しら》せてやる。

そんな姿を思い描く。

そこへ来客を告げられた。

なんだ、この忙しい時にという不満を声に滲ませて誰だと問いかけると、代議士本条義男の秘書滝野博《たきのひろし》だという。代議士秘書が何の用だと訝しんだが、

「お通ししろ」

ぶっきらぼうに返す。程なくして滝野がやって来た。紺のスーツに白のワイシャツ、臙脂《えんじ》のネクタイを締め、髪を七三に分け、いかにも秘書然とした男だ。正蔵は立ち上がり、応接用のソファーに案内した。名刺交換の後に滝野はソファーに腰を落ち着けた。

「ご多忙中、畏れ入ります」

いかにも形式的な断りを入れてから、滝野は用件を切り出した。

「本条に脅迫状が届きました。昨日、ホテルにチェックインしたところ、フロントから渡された郵便物の中にあったのです」

滝野は鞄《かばん》から数通の脅迫状を取り出した。差出人の名前はない。消印は岩根島中央郵便局であることから島内で投函されたことは間違いない。

正蔵は脅迫状に目を通す。いずれもパラダイスアイランドを建設すると命はないという脅迫文である。そればかりか、不動産会社船岡商事と本条の癒着《ゆちゃく》を告発していた。本条

が船岡商事の橋爪信也《はしづめしんや》専務から多額の賄賂《わいろ》を受け取っているし、船岡商事に大量のパーティ券を買い取ってもらっていると弾劾《だんがい》していた。

「もちろん、警視庁本部より、警護の警察官を派遣していただいています。ですが、それでは、不安なのです」

滝野が言うには、脅迫者は本条の行動を詳細に亘《わた》って把握しているそうだ。このため、単なる脅しではないと警戒を強めた。ついては、岩根島の地理を良く知る地元警察の警護をお願いしたいという申し出である。

「できるだけご協力したいのですが、殺人事件が発生したのです。目下、署員は殺人事件の捜査に従事せざるを得ないのですが」

「殺人事件ですか。それはまた……。ひょっとして、パラダイスアイランド建設に関わってのことでしょうか」

「無関係と思われます」

「この台風ですし、捜査は大変でしょうが、それでも、本条の警護をお願いしたいのです」

滝野が両手を膝に置いて深々と頭を下げた。

「そうですな」

腕組をしたところで電話が鳴った。

立ち上がり内線を取ると、

「来客中だ」

用件を確かめることなく不機嫌に告げた。

三

すると、受付は困ったような声で用件を言った。

「ええ……、町長と商工会の会頭……」

ここまで返した時、

「勝手ですが、わたしが同席をお願いしたのです」

滝野が言った。

「わかった、お通ししろ」

正蔵は告げてソファーに戻った。

程なくして初老の男が二人、入って来た。一人は町長の浦添千代蔵《うらぞえちよぞう》、もう一人は岩根島商工会議所会頭姫野誠一《ひめのせいいち》であった。つまり、島の有力者たちである。

浦添はソファーに座るや、

「署長、本条君の警護、よろしく頼むよ」

「今も滝野さんから要請されていたところですよ」

どうやら、滝野は島の有力者から圧力をかけようという魂胆なのだろう。滝野一人での頼みならまだしも、町長や商工会議所の会頭を使う姑息《こそく》さが気に食わない。むっとして返事をしないでいると、

「署長、あんたは、本土の人間だからわからんだろうがな、パラダイスアイランド建設には島の発展がかかっているんだ。岩根島が東アジア一のリゾート地になるかどうかなんだぞ。そこんとこ、わかってくれ」

「よくわかりますよ」

という正蔵の返事に気持ちが籠《こも》っていないと思ったのか姫野が、

「何しろ、島にはこれといって産業がないでな。夏の間は観光客で何とか潤っておるが、冬ともなるとな、旅館はがらがらだ。国からの助成金頼りだ。このままじゃ、島から若い者がいなくなってしまうぞ。パラダイスアイランドができれば、岩根島は伊豆諸島どころか、東アジアきってのリゾート地になるんだ。中国や台湾、ハワイからも観光客が押し寄せる。島には連日大金が落ちる。反対運動に潰されたら島の発展はないぞ」

その責任が取れるのかと、姫野は言いたいようだ。

横で浦添も深くうなずいている。

正直、正蔵は無関心だ。いずれ、本土に戻るという気持ちもあるが、そもそも政治が絡

むことに関わることは御免《ごめん》だ。

島は一大リゾート地になったとして、カジノに群がる人間たち、やって来る多数の外国人たちによって犯罪の多発が懸念される。反対運動の連中が心配するのも無理はないと正蔵は言ってやりたかったがこの連中の怒りを買うだけだし、議論するのも面倒だと黙っていた。

すると滝野が、

「殺人事件が発生したそうです」

と、横から言葉を挟んだ。

浦添は仰《の》け反《ぞ》って、

「殺人事件など、この島始まって以来じゃないか」

「そうかもしれませんね」

カジノが出来たら殺人はともかく、何らかの犯罪が起きてもおかしくはないぞと思いながら正蔵が返すと、

「それは大変だとは思うが、署員を振り向けてくれんか」

浦添が懇願すると、

「よろしくお願い致します」

滝野が凛《りん》とした声を発し、姫野は頭を下げた。

「わかりました」

押し切られるようにして承知をする。

「それでこそ署長だ」

浦添が満面の笑みを浮かべた。

「では、早速、署員をつけましょう」

正蔵が言うと、

「二名をお願いします。できれば、屈強な方を」

すかさず滝野が頼んだ。

二名か。

頭の中で正蔵は算段した。この台風だ。島内で災害が起きるかもしれない。交通課と地域課に警戒させているが、被害が出れば増員する必要がある。袴田殺しの捜査も急がねばならないのだ。

返事をする前に、滝野は携帯電話をかけた。

しばらくして、滝野の口から先生という言葉が聞こえた。相手は本条だろう。本条に二名の警護がつくことになったと告げ、それから、二、三のやり取りをしてから滝野は電話を切ると正蔵を見た。

要請を承諾したかと目で訊いている。

内心で舌打ちし、

「本条先生のご宿泊のホテルに署員を差し向けます。すぐでしょうか。それともお時間にご指定はありますか」

「こちらから連絡をします。この台風では今日は本条もホテルから外に出ることはできません。できましたら、お二人、差し向けてください」

滝野は答えた。

「承知しました」

正蔵は立ち上がり、皮肉を込めてお辞儀をした。

浦添と姫野は安堵の表情を浮かべて滝野と一緒に去って行った。

しばらく正蔵はむかむかとした気分に襲われた。どう算段しても、二名を割《さ》くなどできない。自分が警護に加わるわけにもいかない。

そうだ。

おれが殺人事件の捜査に当たろう。

おれが、殺しの捜査を行い、おれが被疑者を挙げてやる。そうすれば、捜査本部の連中に目に物見せてやれるというものだ。

我ながら妙案である。

正蔵は無線で青山に署に戻るよう言った。

「よし」

正蔵は自分の考えに酔ってしまった。

机上のメモ用紙に署員の名前を書き連ねる。本条警護に充てる候補だ。まっさきに青山の名を書く。刑事課、警備課は無理だ。総務関係も防災の対応に追われている。交通課と地域課からもう一人ずつを持って来るか。


十五分程で青山が署長室にやって来た。

「青山、ご苦労。どうだった」

「今のところ、まだ手がかりはありません」

青山は机の前に直立不動の姿勢を取り、報告した。

「よし、おれが代わる」

正蔵が言うと、

「はあ……。何を代わるとおっしゃるのですか」

青山はきょとんとなった。

「だから、殺しの捜査を代わってやると言っているのだ。夕方には台風は去る。三時くらいに雨風が弱まるそうだ」

正蔵はこみ上げる喜びを押し殺しながら言った。

「では、わたしは何を……。まさか、わたしが署長のお仕事を」

うろたえながら青山が返すと、

「馬鹿、おまえにおれの仕事が務まるわけがないだろう」

正蔵が怒鳴りつける。

「ごもっともであります」

再び青山は敬礼をした。

「本条義男の警護だ」

秘書の滝野から本条に脅迫文が届き、身辺に不穏なものが感じられることから、警護を要請された経緯を語った。

「それでだ。おまえ、警護に行け」

「わかりました」

青山は答えた。

それから、正蔵はあと一人をどうしようかと思い、メモに挙げた署員を読み上げた。すると、一人は病欠していることがわかった。

「しょうがないな、中村《なかむら》を回すか」

島内をパトロール中の署員の名前を告げた時に、内線が鳴った。当の中村から連絡だぞうだ。

「丁度いい」

満足げにうなずくと正蔵は受話器を耳に当てた。途端に、

「なんだと、このどじ野郎」

顔を真っ赤にして怒鳴り上げる。

乱暴に受話器を置き青山に、

「中村の奴、事故ったってよ。暴風で木が倒れて来てボンネットが破損だそうだ。当人もムチ打ちだとか抜かしてやがる」

こうなると、割ける署員はいない。あとは婦人警官だが、婦人警官を差し向けたとなれば、滝野は承知すまい。すぐに町長に連絡が入り、町長からうるさく抗議を入れられる。

「ああ、どいつもこいつも役に立たねえな」

嘆いたところで、

「そうだ」

正蔵の顔が輝いた。

「いかがされましたか」

「寅だよ。寅の奴を使うか」

「ですが、向坂警視は休暇中です」

青山が危ぶむと、

「あいつは袴田殺しに首を突っ込もうとしたんだぞ。構うもんか、おい、呼べ」

正蔵は命じた。

逆らうわけにはいかない。

青山はスマフォを取り出し、寅太郎に電話を入れた。

椿荘の自室で台風が過ぎるのを待っていると、スマフォが鳴った。

「青山からか」

寅太郎は着信表示を見て首を捻った。電話に出ると青山の切迫した声が耳に飛び込んできた。

「向坂警視殿」

「だから、警視殿はやめなさいよ」

しかし青山の耳には入らなかったようで、

「すぐに署に来て頂きたいのです」

「用件は」

「署長からじかにお話があります」

「正蔵があたしにどんな用があるんだい」

「はい、あ、いえ、とても重要な用件であるということであります。ですから、是非とも……」

「了解。どうせ、やることもない。言っておくが、袴田殺し、あたしも捜査をしますよ、後悔したくないからね」

「その事に関しましてはいずれ」

青山の言葉が曖昧に濁《にご》る。

「行くのはいいけど、この暴風雨じゃな。自転車を漕ぐのは大変だ」

「直ちにお迎えの車を出します」

青山の声が裏返った。

「待ってるよ」

電話を切った。

青山は正蔵に言われて電話をかけてきたのだろう。だとしたら、ろくな用事ではあるまい。それでも、構うものか。

やがてパトカーが椿荘の前に停車した。サイレンは鳴らしていなかったが警察車両が来たとあって、

「なんだ」

政五郎はソファーから立ち上がった。

寅太郎は階段を下り、玄関ホールに至った。

青山が出迎える。

「あんた、どうした」

政五郎に聞かれ、

「警察に行って来ますよ」

「何をやらかした」

驚く政五郎をよそに、

「お疲れさまです。警視殿」

青山は敬礼をした。

四

寅太郎は岩根島警察署の署長室に通された。

ソファーに座り、正蔵と向かい合う。

「殺しの目途《めど》は立ったのか」

寅太郎の問いかけに、

「おまえの知ったことかと言いたいところだが、優雅に休暇をお楽しみになっておられる向坂警視殿に捜査協力を要請するんだからな、現状をご報告申し上げよう」

皮肉たっぷりに正蔵は言ってから、はかばかしい成果が得られていないことを語った。

「無理もないな。この台風じゃ、聞き込みも思うようにできないだろう」

寅太郎がうなずくと、

「ところでな、代議士の本条義男の秘書から警護を要請されたんだ」

正蔵は本条を警護するに至る経緯を説明し、岩根島署の人員不足も言い添えた。

「猫の手も借りたいってところか」

寅太郎が言うと、

「そういうこった」

大袈裟に正蔵は両手を広げた。

「わかった。引き受けよう」

寅太郎は応じると青山と一緒に本条が宿泊するホテルストーンアイランドへと向かうことにした。

暴風雨の中、パトカーは島の南北を貫く中央通りを南下し、島のほぼ中央部に建つホテルストーンアイランドに到着した。十階建てのリゾートホテルで、島一番の格式と規模を誇っているが、台風の最中とあって、ロビーは閑散としていた。青山が滝野に連絡をすると、滝野はロビーに下りて来た。

黄色いトラックスーツ姿の寅太郎を見て、滝野はおやっという目をした。寅太郎は身分証を提示する。

「ほう、警視庁本部から、わざわざ警視さんが」

滝野は感心した後、刑事部長付とはどのような身分なのだと問うてきた。

「まあ、暇な役職、いや、刑事部長の手となり足となり、警視庁管轄下の所轄を応援して回っております」

すまして答えた寅太郎に、それ以上追及してくることはなかった。

「本来なら事務所に行きたいところですが、あいにくと反対運動の連中に囲まれて、とても使えるような状態じゃないのですよ」

本条は岩根島にも事務所を構えているものの、ここ数日は反対運動の連中が押しかけて来て、投石によって窓ガラスが割られたりして使える状態にないと嘆いた。

「それで、仕方なく」

ホテルの最上階にあるスイートルームを事務所代わりにしているのだとか。

「するとですよ、反対運動の連中は本条が岩根島のホテルのスイートルームで贅沢三昧《ぜいたくざんまい》の暮らしをしているなどとマスコミに流す始末です。やっているのは環境保護団体エターナルグリーンの連中ですがね。とにかくエターナルグリーンは本条を環境破壊者だと敵視しています。それに、カジノが島の風紀を乱すという島民の不安が加わって、本条は目の仇にされていますよ」

滝野は苦い顔をしながらエレベーターに入った。

「大変ですな」

寅太郎は応じて、滝野に続きエレベーターに乗り込んだ。

最上階でエレベーターを降りると、臙脂の分厚い絨毯《じゅうたん》が敷き詰められた廊下には警視庁警備部から派遣されたと思われる私服警察官が立っていた。中には寅太郎を知る者もいて、どうして寅太郎がここに来たのだと訝しみながらも直立不動で敬礼をした。

「ご苦労さん、しっかりね」

笑顔の寅太郎はひょこっと右手を上げ挨拶を返す。青山はきちんと敬礼して滝野の後ろを歩いた。

部屋に入る。

広いリビングルームには応接セットの他に事務机があり、数人の人間が忙《せわ》し気《げ》に何事か協議をしている。滝野に別室に通された。しばらくお待ちくださいと言われる。

「これだけの人間が詰めているんだ。あたしたちに警護の必要なんかあるのかね」

寅太郎が言うと、

「そうですよね」

青山も首を縦に振った。

しばらくして本条が入って来た。

三十七歳、精悍《せいかん》な面構えの若き政治家である。

本条義男は苦労人と評判だ。

幼い頃に両親は離婚し、母親に育てられた。高校までを岩根島で過ごした後、東大法学部を卒業、産業振興省に入省した。三十歳の時、副総理兼産業振興大臣であった本条剛蔵《ごうぞう》に気に入られ、娘麻弥子《まやこ》の娘婿《むすめむこ》となり、本条の秘書となる。この時旧姓の工藤《くどう》から本条になった。岩根島は本条の選挙区である東京三区に含まれることから、三年後、本条の地盤を引き継ぎ衆議院議員に当選、若手の論客としてテレビ出演が増え、今年になって地方創生担当の産業振興政務官に就任した。

「本日は、ご苦労様です」

まずは一礼して向かいの椅子に座った。

寅太郎と青山が各々名乗ってから、話に入る。

滝野も本条の横に座った。

寅太郎が、

「脅迫状、拝見しました。随分と性質《たち》が悪い者のようですね」

「無視すればいいとわたしは思うのですがね」

本条はちらっと滝野を見た。

「脅迫の内容を拝見しますと、反対運動に加えて船岡商事とのスキャンダルめいた事が脅しの材料とされていますな」

寅太郎が言うと、

「根も葉もないでっち上げですが、無視はできません。ですから、警視庁本部の警備部の方々とは別に岩根島署に警護をお願いした次第です」

滝野が答えた。

「単なる嫌がらせだと思います」

本条は言った。まるで意に介していないかのようだ。

「脅迫状に記されている船岡商事の橋爪専務とは、今回の開発事業を統括する責任者ですね」

青山が聞いた。

本条がうなずき、

「脅迫者はわたしと船岡商事が癒着していると糾弾しておりますが、まったくもって、言いがかりです」

きっぱりと否定すると、

「それにしましても、脅迫者、実に詳細に亘って先生と船岡商事の関わりを調べておりますな。いつ、パーティ券を何枚買ったとか、橋爪専務から五百万円を三回、いついつあなたに渡したとか……」

寅太郎が疑問を呈すると、

「向坂さん、本条を疑っておられるのですか」

滝野が抗議の姿勢をとった。

それを本条が制し、

「向坂さんは脅迫状の信憑性《しんぴょうせい》について申されているのだ」

と、滝野を諭《さと》してから改めて船岡商事や橋爪との癒着を否定した。

滝野は失礼しましたと言ってから、

「署長に強硬に警護をお願いしましたのは、実はこのような脅迫文が届いたからです」

滝野は言った。

寅太郎はそれを広げて、青山と共に覗き込む。

そこには、今日の午後三時に一千万円を持って来いとあった。場所は追って連絡すると記してある。

「午後三時」

青山は呟き、窓をみやった。風雨は弱まっている。青山の心の中を察したように滝野が、

「天気予報によりますと台風は正午には岩根島を通過するとのことです。ですから、三時頃には雨も上がっているでしょう」

「では、一千万円の支払いに応じるのですか」

青山が確かめると、

「まさか。不正などやっていないのに、どうして一千万など」

本条は失笑を漏らした。

「では……」

青山は判断に迷い、滝野を見る。

「わたしが脅迫者に会います。それで、刑事さんにご同行願いたいのですよ」

つまり、滝野が指定場所に出向く時、その車に潜み、脅迫者と接触したところを逮捕して欲しいというものだった。

「それで、屈強な男を二人とご要望なさったのですね」

青山が確かめると、

「ぴったりのお方のようですね」

滝野はにこやかに寅太郎を見た。黄色いトラックスーツに身を包んだ寅太郎は胸を叩い

てみせた。同時に丸みを帯びた腹が微妙に震えたのが情けない。

「では、畏れ入りますが、こちらで待機願えますか。もちろん、昼食は用意致します」

滝野に言われ青山は恐縮ですと頭を下げてから、

「あの、一つ、お聞きしてよろしいですか」

「どうぞ」

「警視庁本部警備部の方々にはどうして依頼されないのですか」

すると滝野は声を潜め、

「本条の警護を優先してもらいます。警備部のみなさんにはあくまで反対運動から本条を守るために全力を尽くしてもらいます」

滝野は言った。

「わかりました。万全を期します」

青山はうなずいた。

「こんなことでお手数をおかけして申し訳なく存じますが、一つよろしくお願い致します」

本条が頭を下げた。

青山が、

「立ち入ったことをお聞きしますが」

と、断りを入れた。滝野が迷惑そうに制そうとしたのを、本条は穏やかな表情で質問を促した。

「今朝、三田村園長を訪ねました。園長のご自宅の応接間に飾られていた本条先生のお写真を拝見しました。お子さんの頃、メダイを釣り上げた写真です」

三田村から聞いた本条の経歴を語った。本条は黙って聞いている。

「小学校一年生の時、お父さまが出て行かれたそうですが、その後、消息はおわかりになったのでしょうか」

青山の問いかけに本条は小さく首を横に振り、

「消息は不明です。園長からお聞きになったのではありませんか。父定男は中学校の教師でしたが、酒と賭け麻雀にのめり込んで身を滅ぼしました。いつか中学校にも行かなくなって、母やわたしに暴力をふるうようになりました。母と離婚して島から出て行ったのです。現在、生きているのかどうかもわかりません。大学に入るまではわたしと母を捨てて出て行った父のことを恨み、忘れようとしていました。でも、二十五で母を亡くした時、死の床に臥せる母が父の名を口走ったのです」

母佳世子は胃癌《いがん》で十二年前に亡くなったそうだ。死出の旅に出る際、佳世子は夫定男のことを思い出したのだった。

「母を亡くし、わたしは父に母の墓参りをしてもらいたいと思いました。それで、探そうと探偵社に頼んだのですが、行方はわからず仕舞《じま》いでした」

「園長は本条先生が島の自然に育てられたことを忘れてしまったとおっしゃっていました」

「わたしは忘れていません。この島の自然と人々に感謝しています。今回のプロジェクトは島への恩返しでもあるのですよ」

話はすんだとばかりに本条は立ち上がろうとしたが、すいませんと寅太郎が遠慮がちに引き留め、

「島寿司、美味いですよね」

とんちんかんな問いかけに本条は一瞬言葉を失ったが、寅太郎の質問の意味を推し量るように腰を落ち着けた。

「刑事さん、召し上がったのですか」

表情を柔らげた本条が問いかけで答えた。

次いで、リラックスするように足を組んだ。靴の底が見えた。ぎざぎざの溝が施されている。雪国で見られる耐滑性に優れた仕様だ。

「美味かったですな。醬油にたっぷりと山葵を溶かしましてね、店のご主人から寿司にも山葵が付いていますよって注意されたんですがね、あたしは辛い方が好きだなんて返したら、それじゃせっかくの寿司ネタが台無しですなんて、ご主人はこっちの心配じゃなくっ

てせっかく握った寿司の方を気にかけていたんですよ。ま、料理人の気持ちはわからなくはありませんが、あたしも意地になって山葵醤油をたっぷりつけて食べてやりました」

寅太郎は指で摘まんで握りを食べる格好をした。滝野が青山に抗議の目を向けている。青山は横を向いて滝野の視線を逃れていた。本条はにこやかに、

「で、いかがでしたか」

「鼻がつんとして脳天まで痺《しび》れてしまいましてね、しばらくは口も利けませんでしたよ」

薄い頭をぽんと叩き寅太郎ははははと笑った。本条も合わせるように笑い声を上げる。ひとしきり笑った後に寅太郎は、

「先生は島寿司はお好きですか」

「もちろん大好きです。岩根島に来ると必ず食べますよ。わたしも山葵を付け過ぎて後悔することが多いのです」

用は済んだと再び本条が立ち上がろうとしたところで、

「宿泊している民宿近くの居酒屋……。島寿司はそこで食べたんですがね、先生を裏切り者だと喚《わめ》き立てている連中がいたんですよ」

ころりと話題を変え、寅太郎が問いかけるとすかさず滝野が割り込んできた。

「反対運動をしている方々の中には本条憎しで、裏切り者だと中傷する人たちがいます」

滝野に続き本条も、

「裏切り者のそしりを受けましょうが、わたしはパラダイスアイランド建設が島のためになると信じています。岩根島は東アジア一のリゾート地になるのです。わたしは建設に際して岩根島の美しい自然を絶対に守ることが、反対運動のみなさんの声を聞くことになると思っています」

「裏切り者と先生を批難する者が言いたいのは、島に対する裏切りと、恩人である三田村園長に対する裏切りだと思うのですが、先生、反対運動のリーダーとなられた三田村園長のこと、いかに思われるのですか」

寅太郎の問いかけに、

「向坂さん、脅迫とは関係ないと思いますが」

滝野が口を挟んだが、

「無関係ですよ。あくまでわたしが個人的に先生の三田村園長への思いをお聞きしたいのですよ」

申し訳なさそうに上目遣いになりながらも寅太郎は本条を見据えた。本条は寅太郎の視線を受け止め、表情を硬くした。

「園長から受けた恩は片時も忘れたことはありません。先ほど青山さんがおっしゃったメダイを釣り上げた時の興奮ははっきりと覚えています。こうして目を閉じると、波飛沫《しぶき》の音、釣り竿がしなる様、釣り上げる時の両手の感触、そして園長のがんばれという声

「……」

本条は両目を閉じた。

穏やかな表情でありながら、誰もが声をかけるのが憚《はばか》られるような厳《おごそ》かな顔つきである。本条の脳内には少年の日が蘇《よみがえ》っているかのようだ。

しばらく沈黙が続いた後、本条はうつむき、そして肩を震わせた。続いてがっと顔を上げると両目を見開く。真っ赤に充血した双眸《そうぼう》は潤んでいて、瞬《まばた》きと同時に一滴の涙が頬を伝った。本条は胸ポケットからハンカチを取り出し、両目を拭う。

「すみません。みっともない所をお見せしましたね」

涙を拭き終えた本条の横で滝野は神妙な顔つきで背筋を伸ばしている。

軽くうなずいた寅太郎に本条は話を続けた。

「園長への恩をわたしなりの形で返したいと思います。と、申しますと格好をつけているとお思いになるでしょうか。岩根島の素晴らしさを教えてくれたのは園長です。岩根島を愛することに、園長もわたしも変わりありません。今は対立しておりますが、いつしかわかり合えると信じております。この辺りでよろしいですか」

本条に問われ、

「ありがとうございます」

寅太郎は頭を下げた。慌てて青山も一礼する。

そのとき、窓に稲光が奔《はし》った。次いで雷鳴が轟く。弱まった雨、風が急激に強まり、窓を叩いた。ぼんやり霞《かす》んでいた風景が風雨に遮《さえぎ》られた。それでも、稲妻が眼下に広がる情景を浮かび上がらせる。

本条は顔を蒼ざめさせ、立ち尽くした。両目をかっと見開き、額に汗を滲ませている。

「ご気分が悪いようですが」

寅太郎も立って語りかけた。

我に返ったように本条は瞬きを繰り返し、

「何でもありません。わたし、情けないことに雷が苦手でしてね」

失笑を漏らす本条に滝野が心配そうに寄り添った。

「例の悪夢が蘇ったよ」

本条は滝野の耳元で囁くと部屋から出て行った。

例の悪夢とは何だ、脅迫行為には無関係と思いつつも寅太郎は気にかかった。寅太郎も悪夢を見る。殉職した父の夢を。悪夢ではなく、目指すべき警察官を暗示しているのかもしれないが、目覚めると決まって汗をかいている。やはり、悪夢なのだろう。

本条の背中を寅太郎は目で追い、ふと滝野に、

「本条先生、いつも雪国仕様の靴を履いていらっしゃるのですか。スタッドレスタイヤのシューズ版みたいな……」

寅太郎は右足を上げてスニーカーの靴底を指差した。

「岩根島では履きますね。岩場や砂浜、坂道あるいは雨降りに歩くのにはこれが便利だと申しておりますよ。何せ、本条は島中を駆け回りますから。岩場だろうが砂浜だろうが、山の中だろうが人を見かければ走り寄って声をかけ、握手をします。頑丈で滑りにくい靴がいいのですよ」

スタッドレスタイヤのシューズ版のような靴はアクティブな若き政治家本条義男にぴったりですと滝野は誇らしげに答えた。

二人がいなくなってから、

「向坂さん、本条への質問の意図、何だったのですか」

青山が尋ねてきた。

「深い狙いなんか、ないよ。ただ、本条義男という人間の根っこが知りたかったんだ」

「根っこといいますと……」

「本条の根っこは岩根島だ。根っこをどう思っているのかということさ。本条はパラダイスアイランド建設が岩根島への貢献だと言っている。それだけ、岩根島を愛しているのだと」

「向坂さんは本条の岩根島への愛を疑っておられるのですか」

「そんなに愛してはいないと思う。島寿司、山葵じゃ食わないだろ。辛子で食うだろ。スタッドレスタイヤのシューズ版のような靴もパフォーマンスかな。いや、靴は島を駆け回るにはその方が便利だから、実用的な意図で履いているのかもしれん」

寅太郎はにやりとした。

「じゃあ、さっきの、本条も山葵を付け過ぎるというのは作り話ですか」

呆れたように青山は言った。

「話を合わせるのは政治家の資質だから責めようとは思わない」

「本条が三田村との思い出に涙したことも偽りだと」

「あれがそら涙だったとは思わない。本気で涙をこぼしたんだ。あの時は、本条は本気で三田村の恩を思い泣いたんだよ。袴田って男もな、窃盗で捕まって調書を取る時は二度としませんと涙ながらに答えていた。その時はそれが袴田の本心なんだ。おれを欺《あざむ》こうなんて思っちゃあいない。なにも本条と袴田が裏表のある人間ということじゃあない。表も裏も二人の真実なんだ。窃盗の常習犯と同じだと聞いたら本条は怒るだろうがな」

寅太郎はがははと笑った。

「今回の脅迫についてはどう思われますか。反対運動の連中の仕業でしょうか」

「さて、まだわからんな。本条に限らず政治家に敵は多い。反対運動に拘《こだわ》らない方がいいぞ」

「わかりました」

青山が首を縦に振ると、

「ところで、正蔵、袴田殺しの捜査をやっているんだろう」

「ええ」

「あいつ、帳場が立つ前に事件を解決してやろうと必死になっているんじゃないか」

「大変に意気込んでおられます」

「あいつは意地になるからな」

寅太郎が苦笑を漏らし、テレビをつけた。画面には台風情報が流れている。ぼんやりと眺めていると、やがて、女性事務員が昼食を持って来た。お盆に載せられた食べ物はコンビニの弁当と握り飯、サンドイッチ、お茶のペットボトルで、

「お好きな物をお選びください」

と、事務員は言った。

寅太郎は腰を浮かした。すると、

「カップ麺もございますし、お味噌汁もございますのでお申し付けください」

事務員が言い添える。

「やっぱりこれかな」

寅太郎はかつ丼弁当を取り、味噌汁を頼んだ。青山は野菜のサンドイッチである。

「そんなもんじゃ持たないよ。腹が減っては戦《いくさ》ができんぞ」

返事を待たず寅太郎は天丼弁当を取り、青山の前に置いた。青山がサンドイッチを返そうとしたところで、

「両方、食べるんだよ。若いんだから」

と、言った。

五

事務員がいなくなったところで、

「代議士事務所の昼飯ってこんなもんか。これじゃあ、普段の昼飯と変わりはしないよ」

寅太郎は文句を言いつつも、旺盛な食欲を見せた。箸を止めることなく、かつ丼を食べる。青山は天丼も食べきれないようで、苦しそうに弁当をテーブルに置いた。

「青山君は普段、昼飯はどうしているんだい」

かつ丼を食べ終え、寅太郎は聞いた。

「コンビニが多いですよ。向坂さんはどうなんですか」

「あたしもコンビニが多いかな。警視庁本部に移ってからは食堂も使っているけど」

「奥様にお弁当作ってもらったらどうなんです」

「今更、頼みにくいね」

「奥様とは職場結婚ですか」

「多摩中央警察署にいた時分に知り合ったのだ。あたしのことはいいから青山君、早く所帯を持ちなさいよ。選り好みをしているんだろ。理想が高いんだな」

「そんなことありませんよ。好きになった人が理想です」

「理想が高い男の決め台詞だな」

寅太郎はペットボトルのお茶を飲んだ。青山は天丼の残りをかき込み、

「署長と向坂さん、何があったんですか」

青山が聞いてきた。

「別に何もない。ただ、彼があたしのことを一方的に恨んでいるんだ」

「署長の女を奪ったとか」

青山は冗談めかしているが、本当のことを聞きたがっているのは確かだ。

寅太郎は表情を引き締め、

「二年前、品川中央署で裏金疑惑があっただろう」

「大騒ぎしていましたね」

「あれに関係している。あの騒ぎの後、あたしは刑事部長付になり、正蔵は岩根島警察署に赴任した」

「裏金疑惑、向坂さんと署長は関与していたのですか」

「まあ、それはいわずもがなだ。ともかく、彼はあの事件であたしのことを恨むようになったんだろう。同時に警視庁本部のこともね」

「ふ〜ん」

青山は寅太郎の説明だけでは満足していなかったが、そこへ滝野が入って来たものだから口をつぐんだ。

品川中央警察署で起きた警視庁裏金問題は一大醜聞となった。寅太郎が窃盗犯として逮捕した暴力団組員の口から、品川中央警察署や警視庁の上層部に賄賂が贈られていることが語られた。賄賂は品川中央署や警視庁本部にプールされているという。事実なら大問題である。

折しも、品川中央署の組織犯罪対策課長であった坂上正蔵は、寅太郎が逮捕した暴力団員が所属する大和会《やまとかい》の幹部たちとパイプを築き、大規模な覚醒剤取引の情報を摑《つか》んだ。取引現場を押さえれば、警視総監賞間違いなしで昇進も約束される。大卒準キャリアの正蔵は同じ歳で高卒、叩き上げながら自分と同じ階級の寅太郎にライバル心を抱いていた。覚醒剤摘発を成功させれば寅太郎に差をつけられると思っていたのに、裏金問題で消し飛んでしまった。

警視庁上層部は裏金問題発覚を恐れて、正蔵の覚醒剤摘発を止め、寅太郎を窃盗で逮捕した大和会組員の取調べから外した。

寅太郎は裏金問題を隠蔽《いんぺい》しようとした警視庁上層部の圧力に屈することなく、大和会と警視庁上層部の裏金ルートを捜査する。警視庁上層部は問題を鎮静化するため、警視庁本庁の組織犯罪対策部の刑事数人を、大和会から賄賂を受け取っていたとして処分して事態を収束させた。処分されたのはいずれもノンキャリア、トカゲの尻尾切りである。

寅太郎は警視庁本庁刑事部に、正蔵は岩根島署署長に異動となった。

寅太郎のせいで覚醒剤摘発がパーになったと正蔵は寅太郎を深く恨んだ。

一方寅太郎はというと、上層部を恐れず信念を貫いた、ノンキャリアの星と讃えられるようになった。警視庁刑事部長天宮幸一警視長は多摩中央警察署で寅太郎とコンビを組んでいたため、寅太郎がいかに優れた刑事であるかを熟知している。寅太郎の扱いに困った上層部に、自分が引き取ると訴え刑事部長付にした。

寅太郎への恩返しもあるが、大和会と警視庁上層部の癒着を突き止めた寅太郎を自分の下に置き、出世競争に勝ち抜くカードにしたいという思惑もあったようだ。

滝野が入って来た。

「脅迫者から連絡が入りました」

脅迫者はホテルストーンアイランドのフロントに本条宛に伝言を託したのだそうだ。

「午後三時、竜ケ崎《りゅうがさき》灯台の下、ということでした」

滝野は言った。

「わかりました」

青山が意気込む。

寅太郎が竜ケ崎灯台とは何処だと聞くと、青山は上着の内ポケットから岩根島の地図を取り出し指さした。

島の北東にあり、このホテルから約八キロの地点だ。灯台の下には砂浜が広がり、夏には海水浴客で賑わうと青山は言った。フェリーから降りて乗ったタクシーの運転手から聞いた、鶴ヶ浜海岸だろう。島で唯一の砂浜の海岸だということだった。

「わたしが車を運転してまいりますので、お二人は後部座席に潜んでいてください」

滝野が寅太郎と青山の顔を交互に見た。二人同時に首肯《しゅこう》した。滝野は念のため、一千万円を入れた振りをしたボストンバッグを持参するそうだ。

「では、よろしくお願い致します」

滝野は出て行った。

「いよいよですね」

青山は窓辺に立った。本条をして悪夢を蘇らせた雷鳴も雨も止んでいる。ただ、強い風は続き、窓ガラスを揺らしていた。空を見上げると、どんよりと曇っているが分厚い雲の隙間から日が差していた。遠くに見下ろせる海面は波が高く、行き交う船はない。それでも、天候は回復しつつある。

「正蔵、焦っているんじゃないか」

寅太郎は言った。

台風が通過すれば、警視庁本部から捜査員がやって来る。そうなれば、袴田殺しの捜査は捜査本部に移ってしまうのだ。

午後二時半になり、寅太郎と青山は滝野の運転するミニバンの後部座席に乗りホテルを出発した。

乗車の際に風に煽られ寅太郎はよろめいてしまった。バックミラー越しに滝野が顔をしかめるのが見えた。

岩根島空港を左手に見ながらミニバンは時速五十キロを保ち竜ケ崎灯台へと向かった。雨が止んだため、歩道に人出が見受けられる。海岸沿いを走ると、まだ波は高く、岸壁に白い飛沫が立っている。海岸線がやがて勾配となり、小高い丘の上に灯台が見えてきた。

寅太郎と青山は後部座席で身を沈めた。

灯台に続く道を進み、間近でミニバンが停車した。

午後二時四十七分だ。

強い風が車窓を揺らす。波の音が車窓を通しても聞こえてきた。

「誰もいませんね」

運転席で前方を見たまま滝野は言った。

「三時になったら、灯台の下に行ってください」

青山が言うと、滝野は首を縦に振った。

三時となり、滝野は鞄《かばん》を持ってミニバンを出た。強風に煽られ、前屈みとなって灯台の下に立った。

寅太郎と青山は身を屈めたまま後部座席から動かなかった。

脅迫者は現れない。

車で来るのか徒歩なのか、一人か複数かも不明だ。

「まだですかね」

痺れを切らしたように青山が呟いたのは三時十五分となってからだ。寅太郎は膝立ちをして滝野を見た。滝野は腕時計やスマフォを何度も見ながら脅迫者を待っている。

結局、四時を回っても脅迫者は来ず、ホテルへと引き返すことになった。脅迫者に来られない事情が出来たのか、刑事が乗り込んでいることに気づいたのかはわからない。

滝野によると、灯台に近づく車も人もいなかったそうだ。滝野が立っていた位置からは周辺をよく見通せる。脅迫者が、ミニバンに寅太郎と青山が潜んでいることを気づくには近くに来なければならないが、姿を見せなかったということは、何らかの事情で来られなくなったと考えるのが順当だと寅太郎は思った。

または、最初から来る気はなかったのかもしれない。何故かはわからないが。

ホテルへ戻る車中で寅太郎は本条の悪夢について滝野に聞いた。滝野は苦笑を浮かべ、

「真夜中、嵐の墓地で男が墓を掘っている夢だそうです。幼い頃にご覧になった映画の一場面のようですよ」

何の映画だかは思い出せないそうだ。

「少年本条義男にはよっぽど怖かったのでしょうね。トラウマになったのですから。もしかしたら、映画のタイトルを思い出したら悪夢は消えるかもしれませんと、本条には言っているんですがね」

滝野はそれきり口をつぐんだ。

正蔵は覆面パトカーを運転し、小公園へとやって来た。

現場百遍だと呟きながらパトカーを下りた。雨風は止んでいる。薄日射す曇天を見上げ、

「畜生」

と、呟いた。

ブランコの下に屈んでいる男がいる。袴田が殺されていたブランコだ。

男は正蔵と視線が合うと、目をそらしブランコから離れようとした。

「待ってください」

一応丁寧な口調で呼び止める。男は耳に入らなかったかのような様子で出て行こうとした。さっと正蔵は先回りをして男の前に立ちはだかった。

「な、何ですか」

男は声を裏返らせながらも正蔵の横をすり抜けようとした。

「ちょっと、お話を聞かせてくださいよ」

正蔵は太い声を出し、身分証を提示した。男はきっとした顔で、

「警察の方が何の用ですか」

「職務質問です。ちょっと、その中の物を見せてもらえませんかね。どなたにも協力願っているんですよ」

パラダイスアイランド建設反対運動が活発化し、不測の事態が起きるのを防止するために協力をしてもらっていると言い添え、腰のポーチに手を伸ばした。男は腰を捻り、拒絶しようとしたが、いち早く正蔵はポーチのファスナーを開けた。折りたたみ式のナイフが

あった。

「これは」

正蔵はナイフを取り出した。

「リンゴなんかむくんですよ」

男は言った。

正蔵はナイフを伸ばし、刃渡りを見ながら、

「十センチはあるな。銃刀法違反容疑で逮捕する」

にやっと笑って男に告げた。

「そんな……。不当逮捕だ」

男は強い口調で言ったが、正蔵は無視して無線で被疑者確保を岩根島警察署に連絡した。


正蔵は男を取調べ室に入れた。

「名前は」

男は黙っている。

正蔵は薄笑いを浮かべて所持品の中から見つけた運転免許証を見、学生証も併《あわ》せて見た。

「明開《めいかい》大学法学部四年の香田《こうだ》清《きよし》か、そうだな」

　正蔵が問いかけると、

「はい」

　ぶっきら棒に香田は返事をした。

「この島に何しにやって来たんだ」

「観光ですよ」

「観光だと。夏休みは終わっているんじゃないのか」

「ですけど、観光です」

「何処に宿泊をしているんだ」

「椿荘です」

「ほう、そうか」

　正蔵は立ち上がり取調べ室を出ると、椿荘の経営者に署に来てもらうよう手配した。

「あんた、財布を二つ持っているね。一つは学生が持ち歩くような若者向けのデザインだが、もう一つは古めかしい革財布だ。おかしいな」

「二つとも使っていたんだよ」

「札入れと小銭入れを持ち歩くというのはわかるがな、どういうこった」

「親父の形見なんだ」

「ほう、親父さんの形見を肌身離さず持ち歩くとは泣かせてくれるじゃねえか」

正蔵は騙《だま》されないぞと語調を強めた。

「で、香田君、袴田庄司を知っているね」

「知らない」

うつむき加減に香田は首を左右に振った。

「おかしいな。椿荘の従業員なんだがな」

「そうなんだ。でも、ぼくは言葉を交わしたことはないから」

香田は言った。

「お惚けも今のうちだぞ。言っとくが、嘘を吐けば吐くほど、拘留期間は長くなる。授業にも出られないぞ。おっと、平気か。大学に行かなくたって」

香田は口を閉ざした。

「黙秘か。勝手に黙秘しろ」

正蔵が言ったところで、事務員が刑事部長から電話だと告げにきた。

「わかった」

捜査本部立ち上げのことだろう。被疑者は確保した。本部の連中に被疑者確保を言ってやろう。

正蔵は取調べ室を出ると手近の内線電話を取った。

「はい、坂上です」

「天宮です。台風が通過しましたね。遅くなりましたが、明朝には捜査一課から捜査員を乗り込ませます」

天宮はさすがにキャリア、落ち着いた口調でてきぱきと伝えた。

「承知しました」

坂上は応じながらも、既に被疑者を確保していることを言うべきか迷った。容疑が固まってからでも構わないだろうと判断し、黙っていた。

「ところで、パラダイスアイランド建設反対運動について目立った動きはありませんか。特にエターナルグリーンの連中は過激ですから気にかかるのですが」

「台風でしたので、特に反対派の動きはありません。ただ、本条代議士の秘書滝野氏より脅迫の相談を受けました」

滝野から警護の要請を受け、署員を振り向けたことを話した。敢えて、寅太郎のことは黙っていた。

「わかりました。その件もこちらでフォローできればと思います」

天宮は丁寧な言葉で電話を切った。

「ふん、これでいい」

正蔵はほくそ笑んだ。

取調べ室を見ることができる窓ガラス越しに香田の様子を見た。逮捕された当初こそうろたえていたが、今は落ち着き払い、ふてぶてしい。

「野郎、舐めやがって」

正蔵は闘志をむき出しにした。

寅太郎と青山は滝野の運転でホテルストーンアイランドに戻った。しばらく様子を見ることになり、脅迫者から何らかの連絡が入ったら警察に報せると言う滝野と別れ、青山は岩根島警察署に戻ることにした。当然のような顔で寅太郎も青山の運転するパトカーの助手席に乗った。

署に着くと寅太郎は青山と共に署長室に向かった。刑事課の刑事から署長が袴田殺しの被疑者を逮捕したと聞かされ、寅太郎は、「ほう」と手をこすり合わせた。

署長室に入ると正蔵は上機嫌だった。寅太郎にソファーに座るよう勧め、青山から本条義男警護の報告を聞いた。

「脅迫野郎、慎重だったってことだな。今後、動きがあってから対処すればいいだろう」

「承知しました」

敬礼し、青山は報告書をまとめるべく出て行った。

「袴田殺し、被疑者確保だ」

正蔵は椅子から立ち上がるとズボンのベルトを締め直し、出っ張った腹をぽんと叩いて寅太郎の前に座った。

「早いな」

寅太郎が言うと、

「明日の昼に帳場が立つ。本部から乗り込んで来た奴らに被疑者を引き渡してやるさ」

念願成就した正蔵は足を組み、ソファーの背もたれに身を寄りかからせた。

「何者だったんだ」

「本土からパラダイスアイランド建設の反対運動にやって来た学生だ」

正蔵が答えると寅太郎は身を乗り出し、

「何という男だ」

「おまえには関係ないと言いたいところだが、本条代議士警護を頼んだ借りもあるから教えてやる。香田清という男だ。椿荘という民宿に泊まっていた学生だよ」

ああ、あの男か、と寅太郎は思った。

椿荘や島育ちで見かけた香田の様子が脳裏を駆け巡る。食堂で朝飯を食べていた香田に思いが至った。

「香田の仕業じゃないぞ」

寅太郎が言うと、

「おまえ、何を言い出すんだ」

正蔵は顔を歪めた。

無精髭が伸び、悪相が際立っている。

「香田は左利きだ。袴田殺しは右利きの仕業だ」

寅太郎は立ち上がり右手で拳を作り、頭上に掲げた。

「袴田はブランコに乗っていた。ナイフは斜め右上の角度から刺されていた」

右手を振り下ろすと寅太郎はソファーに腰を落ち着けた。正蔵はそっぽを向き、

「香田が左利きだと、どうしておまえが知っているんだ」

「おれも椿荘に泊まっているんだ。朝飯を食べていた香田は左手で箸を使っていた」

「右手を使うこともできる。あいつはな、袴田が乗っていたブランコの側で這《は》い蹲《つくば》っていやがった。ブランコの周りを調べている様子だ。実に怪しい行動じゃないか」

「それでは決め手にならん。取調べは慎重を期すべきだ。それに、香田と決めつけないで聞き込みや防犯カメラの映像を調べ直した方がいいよ」

「防犯カメラの映像は調べた。代官山公園に登る坂道に備えられていたものをな。おまえも映っていたし、香田の姿も残っていた」

「代官山公園から小公園に出入りする者はいなかったのか」

「そこに防犯カメラはない」

「なら、聞き込みだ。防犯カメラに映された者たちに、小公園に出入りした者がいなかったか確かめるべきじゃないのか」

「うるさい。おまえの指図は受けん」

「指図じゃない。捜査の基本を言っているだけだ」

「出て行け」

正蔵は立ち上がった。

げじげじ眉毛を動かし、

「用は済んだ。お引き取りください、休暇中の向坂警視殿」

薄笑いを浮かべて言った。


明くる四日の昼、警視庁本部から捜査一課長牧村栄治《まきむらえいじ》、管理官飯岡直弘《いいおかなおひろ》が捜査員十名を率いてやって来た。牧村は正蔵より一階級上の警視正、飯岡は同じ警視だ。

二階の大会議室の入り口に、「袴田庄司殺害事件捜査本部」と大書された看板が掲げられた。

雛壇《ひなだん》の真ん中に牧村、左に正蔵、右に飯岡が座った。さすがに正蔵は髭を剃り、髪を整えていた。長机が並べられ青山たち岩根島署の刑事と本部からやって来た刑事たちが緊張の面持ちで座る。

牧村が第一声を発しようとした時、

「捜査本部立ち上げ早々ですが、袴田殺しの有力被疑者を逮捕しました」

正蔵は声高らかに言った。

捜査員たちがざわめいた。

「静かにしろ」

飯岡がマイクで注意を喚起《かんき》すると捜査員たちは口を閉ざした。静寂が訪れたところで牧村が、正蔵に説明を促した。正蔵は香田逮捕の経緯を語り、

「目下、香田清を袴田庄司殺害容疑で取り調べております」

牧村と飯岡に向かって胸を張った。

「自供したのですか」

牧村が問いかけると、

「まだですが、時間の問題だと思います」

正蔵には微塵の揺らぎもなかった。

牧村は飯岡を向き、マイクを手で塞いでやり取りを始めた。横で正蔵はすましている。

そこに、

「困ります」

という声が出入り口で聞こえた。

「静粛に」

飯岡の厳しい声が飛んだところで、

「寅……」

正蔵が目をむいた。

トラックスーツ姿の寅太郎は出入り口での制止を振り切って雛壇に向かった。

「向坂警視……。どうしてここに……」

戸惑いの顔を向ける飯岡に休暇を取って釣りにやって来たと話し、牧村の前に立った。

「坂上署長が逮捕した香田清、袴田殺しの犯人ではありません」

寅太郎が言うと、

「おまえは引っ込んでろ」

正蔵が怒鳴り声を上げた。

「向坂警視、君は何の権限があってここに来たのだね」

牧村も不快感を示した。

「権限はありません。そのことは謝ります。ですが、冤罪《えんざい》を見過ごすわけにはいきません」

寅太郎の言葉に捜査員たちの口から戸惑いとも驚きともつかない声が上がった。飯岡も騒ぎを静めることを忘れ、寅太郎を見ている。

「香田は犯人ではないと言うのかね」

牧村は正蔵に視線を向けた。

正蔵が反論する前に、寅太郎が袴田の死体発見の経緯と袴田刺殺は右利きの者の仕業であり、香田は左利きであることを話し、

「袴田はブランコに乗り、周囲に争った形跡はありませんでした。犯人は突発的に殺意を抱いて袴田を刺殺したのではなく、殺す意志を持って袴田に近づき目的を遂げたのです。それなら利き腕でナイフを使ったと考えるべきです。香田清の仕業ではありません」

理路整然と説明した寅太郎に牧村も飯岡もうなずいた。苛々《いらいら》として話を聞いていた正蔵が、

「向坂警視の話はもっともらしいですが、わたしが香田を逮捕した時、香田はブランコの前に跪《ひざまず》き、ブランコと周辺を調べておりました。利き腕の矛盾はありますが、極めて怪しげな行動であり、袴田殺しと何らかの関わりを疑って然《しか》るべきと存じます」

牧村と飯岡はひそひそ話を始めた。

「香田清は環境保護団体エターナルグリーンのメンバーです。島にやって来たのはパラダイスアイランド建設反対運動を推進するためです。袴田を殺す動機はありません。もう一度、聞き込みと防犯カメラ映像のチェックをすべきです」

寅太郎が主張すると、

「黙れ！」

マイクに乗った正蔵の怒声が会議室に響き渡った。寅太郎は黙って睨み返した。しょぼしょぼとした眠そうな目が鋭い輝きを放っている。

寅太郎と正蔵の間に険悪な空気が漂い、一触即発となったことを察した牧村が、

「香田清は引き続き取り調べるが、防犯カメラ映像の解析と聞き込みも行う。各自持ち場が決まるまで待機せよ」

寅太郎と正蔵の意見を取り入れた指示を出した。

寅太郎は牧村に敬礼すると、会議室のど真ん中を歩き出入り口に向かった。

牧村がマイクで、

「向坂警視、君は休暇中だ。捜査権のない所轄で勝手な動きをしないようにしなさい」

寅太郎は雛壇を振り返り、

「向坂警視、休暇を楽しみます」

と、言って出て行った。

「あの野郎、目を覚ましやがった。狼《おおかみ》になりやがったぜ」

正蔵は鉛筆を二つに折った。

「寅さん、格好悪いけど格好いい」

青山は寅太郎に本物の刑事を見て、矛盾した言葉を口走った。もっとも、それは多分に刑事ドラマに登場する刑事を意識しているに過ぎないのだが……。

第三章　死の連鎖

一

岩根島警察署を出ると、寅太郎は改めて袴田の娘のことを調べようと考えた。袴田が後生大事に持っていた御守に仕舞ってあった写真。青山の話では袴田と思われる空き巣の一件を通報してきた保育士前田りさ子は袴田の娘りさ子にそっくりだそうだ。

偶然だろうか。

ひょっとして、袴田の娘なのではないか。そして、岩根島に来たのは娘との再会を願ってのことではないか。

では、何故、袴田がみどり保育園に空き巣に入ったのだろうか。三田村によると、盗まれた品物はなかったそうだ。袴田は盗み目的で空き巣に入ったのではなく、りさ子に会うためではなかったのか。

だが、それなら、空き巣になど入らずとも昼間に堂々と会えばいい。そうしなかったということは、会うことを拒絶されたということか。ともかく、りさ子に会ってみよう。

しかし、今日は日曜日とあってみどり保育園は休みだ。さて、どうしたものかと思案したところへ、青山から電話が入った。

「なんだい、あたしの監視かな」

不快に返すと、

「そう、おっしゃらないでくださいよ。向坂さんのお耳に入れておこうと思って、電話したんですから」

青山は袴田殺しの捜査を外れたそうだ。

「それはご親切にありがとう。で、どうした」

青山の口調が改まり、

「みどり保育園の保育士前田りさ子が死亡しました。同じマンションの住人が建物前の道路上で倒れているりさ子を発見して通報してきたのです」

青山は袴田殺しの捜査を外され、りさ子転落死の担当になったということだ。

「前田りさ子が……」

絶句してから詳しい状況を教えてくれと言った。

「自宅マンションの屋上から落ちたようですが……」

それ以上のことはまだわからないそうだ。

「現場に行ってみる。住所を教えてくれ」

「椿荘へ迎えに行きますよ」

「いいのかい。正蔵に知られたら大変だよ」

「平気です。ぼく、向坂さんに本物の刑事を見ましたから。向坂さんに学びたいんです」

「気持ち悪いこと言わないでくれよ」

そう返したものの悪い気はしなかった。


青山の運転でりさ子のマンションに向かった。

マンションはみどり保育園からおよそ五キロ西北に行った辺りで、周辺は畑や山が目立ち、両隣には一戸建てが建ち並んでいる。三百メートル手前に大きなスーパーとパチンコ店が併設されていた。

鉄筋コンクリートの五階建て、りさ子は四階に住んでいた。建物全体が白く塗られているためか名前はホワイトハウス岩根であった。女性限定の賃貸マンションということだ。

エントランスを入りエレベーターで四階のりさ子の部屋に行くと、岩根島署刑事課の鑑識係員がいた。青山がご苦労様ですと言いながら部屋の中に入る。寅太郎も当然のような顔で続いた。若い女性の一人住まいらしく、中はいい香りがし、きれいに掃除と整頓がなされていた。

争ったり何者かが侵入した形跡がないことを確認してから、転落したと思われる屋上に向かった。エレベーターを使おうとする青山に、

「階段で行くよ」

寅太郎は率先して階段を上る。

不審な物が落ちていないか確認しながら屋上に至った。屋上に繋がる扉は開け放たれている。管理会社から男が来ていて、鑑識係員から質問を投げかけられていた。

台風が去っても岩根島特有の湿った風が吹いている。東は大神山が遮蔽物《しゃへいぶつ》となっているが、北や西、南は大海原を見下ろすことができた。北の彼方には御蔵島が南には八丈島の島影がぼんやりと見える。

屋上には物干しがいくつもあり、洗濯物が干されていた。台風一過の快晴の朝、おまけに日曜日とあって、沢山の洗濯物が風に翻っている。

隅に貯水タンクがあり、大きなテレビアンテナが立っている。鉄製の手すりは高さが一メートル五十センチほどだ。屋上から転落したとすると、手すりを越えたことになるが、越えようとするにはよじ登るか、他人に持ち上げられて手すり越しに投げ落とされるかしなければならない。

つまり、自殺か他殺かということになり事故死とは考えにくい。

ところが、手すりの前にはベンチが並べられていた。管理会社によると夏に行われる花火見物のために用意されたそうだ。花火に限らず天気の良い日には住人たちはベンチに座ってくつろいだり、洗濯物を干したり取り込んだりする際にベンチに立って行うこともあった。

鑑識係が三人いた。

青山が確かめると、りさ子は洗濯物を取り込もうとしてベンチに乗り、そこへ突風が吹いてあおられて転落したものと推察されるそうだ。根拠として、りさ子の洗濯物が干してある物干しの側に置かれたベンチの下に、りさ子のサンダルが脱いであったそうだ。

りさ子の洗濯物はトレーナー、デニム、布団のシーツで、下着類はない。りさ子に限らず、屋上に下着類を干す者はいないと管理会社の社員は言った。このマンションは女性専用、つまり女性の入居者しかいないのだが、男性の出入りは自由である。エントランスはオートロック、住人以外がマンションに入るにはインターフォンで住人に連絡をし、ロックを解除してもらう必要がある。ところが、一旦中に入ったらマンション内を勝手に歩くことができた。もちろん、屋上にも行けるのだ。

エントランスとエレベーターには防犯カメラが備えられているが、実はダミーだという。つまり、見せかけのカメラというわけで、侵入者を牽制しているに過ぎない。

マンションが出来て八年、住人以外の侵入者によるトラブルは起きていないそうだ。

寅太郎は靴を脱ぎベンチの上に立った。りさ子は一メートル六十センチ、ベンチは三十センチ程だ。立ったら手すりを越えるのは容易だ。身体のバランスを崩せば、転落する可能性も大きい。

「事故ってことか」

寅太郎が呟くと、

「そのようですね」

青山は寅太郎を見上げた。

「どうも、腑《ふ》に落ちねえな」

ベンチから下りると寅太郎は手すりから身を乗り出した。りさ子の遺体が横たわっていたと思われる所にロープが張られ、鑑識が行われていた。道路が黒ずんでいるのはりさ子の血だろう。屋上にいる鑑識係によるとりさ子は頭蓋骨を骨折し、即死であったそうだ。

大きく舌打ちをした寅太郎に、

「どうしたんです」

「親子が立て続けに死んだ」

「親子っていうと」

「前田りさ子は袴田の娘だよ」

「ええ、そうなんですか」

青山は驚きの声を上げながらも、納得したように何度もうなずいた。

「あたしの勘の域を出ないが、間違いない。それでだ、袴田とりさ子のＤＮＡ鑑定をしてくれないか」

「わかりました。科捜研に依頼します。向坂さんの勘が、あ、いや、推理が正しければ、袴田は娘が保育士をやっている保育園に空き巣に入ったってことになります。どうしてそんなことをしたんですか」

「そこだ、ポイントはね。その理由がわかったら袴田殺しの真相もわかる」

確信をもって寅太郎は断じた。

賛意を示すようにうなずいた青山に、

「もう一度、三田村園長を訪ねる必要があるな」

「園長なら、こちらに向かっています」

青山が答えたところで鑑識係から三田村が着いたという連絡が入った。

寅太郎と青山は四階に戻った。

廊下に三田村がいた。

三田村は寅太郎に奇異な目を向けてきたが青山に向いた。

「驚きましたな」

三田村は緊張の面持ちである。

日曜日ということで保育園は休みだそうだ。教会の日曜学校も台風一過とあって休みにしたという。

「とても真面目で、園児たちからも慕われておりました」

三田村の目に薄らと涙が浮かんだ。

りさ子は二十七歳、十人いる保育士の中では二番目に若い。東京の大学で幼児教育を学び、自然豊かな環境で園児を育てたいと離島の保育園を希望してみどり保育園にやって来たのが四年前のことだった。

「しっかりとした方だったのでしょうね」

青山は空き巣を通報した際のりさ子の態度を持ち出した。事件にする気はないという三田村に対し、凜とした態度で園児たちに万に一つも危害が及ばないために警察に捜査依頼をすべきだと主張したことを寅太郎に教えた。

三田村は目をしばたたかせた。

「刑事さんがおっしゃったように大変にしっかりしておりまして、それでいて我慢強い女性でした。中々、溶け込めない園児たちにも辛抱強く接し、他の園児たちと一緒にお遊戯ができるようにしていました」

我慢強い、辰年の性格だなと寅太郎は思った。

そして、高島暦によると、辰年は我慢強いが耐え切れずに爆発することもある。りさ子もそんな一面があったのだろうか。

「お身内はいたのですか」

青山が問いかけた。

「お母さんがおられたのですが、一年前に亡くなったのです。ただ、お祖母《ばあ》さまが都内の中野《なかの》にご健在のはずですから、わたしの方で連絡します。辛《つら》い報せですが、仕方ありませんな」

三田村は言葉を飲み込むように太い声を発した。

不意に、

「あのう、父親には連絡は取らないのですか」

寅太郎が口を挟んだ。

刑事には不似合な呑気な口調ゆえか、この場にはふさわしくないブルース・リーのようなトラックスーツに身を包んでいるせいか、三田村は戸惑い気味に目をぱちくりとさせ黙ってしまった。それでも、寅太郎が視線を据えたままでいると、

「お父さまとは生き別れたそうです。前田先生が小学校一年生の時に離婚されたそうで、それ以来会っていないと言っていました。何処で何をしているのかも知らないそうで……」

そう答えてから、報せようがありませんと三田村は申し訳なさそうに言い添えた。

「袴田庄司が父親とは言っていませんでしたか」

寅太郎は畳みかけた。

「袴田……」

戸惑いを示す三田村に、

「空き巣犯ですよ」

にこやかに寅太郎は告げた。

聞き込みというよりは世間話でもしているような態度だ。

「ああ、そうでしたな」

三田村は青山を見た。青山から聞いたことを思い出したようだ。

「袴田という男、殺されたのでしたな」

三田村の問いかけにそうですと寅太郎は答え、

「今後、袴田と前田りさ子先生のＤＮＡ鑑定、そして保育園の園長室から採取した髪の毛を照らし合わせ、空き巣犯が袴田であり、袴田と前田りさ子先生が親子の関係にあることを立証していきます」

岩根島署と関係のない寅太郎であるが、のんびりとした口調を一変させ自信満々に言い立てたものだから気圧《けお》されたように三田村もうなずく。園長室から髪の毛など採取されていないのだが、青山も首を縦に振ってしまった程、寅太郎の話には説得力があった。

ここに至って、

「あの、あなたは……」

三田村が改めて寅太郎の素性を気にかけてきた。

「わたしは向坂と申します」

寅太郎は尻のポケットから身分証を取り出すと三田村に提示した。三田村は身分証と寅太郎を見比べてから、

「岩根島署の刑事さんではないのですか」

「殺人事件の捜査ですからね。警視庁本部から捜査員がやって来て、捜査本部を立ち上げるのです。よく、刑事ドラマでご覧になるでしょう」

「さて、わたしはテレビはあまり見ないもので」

三田村は銀縁眼鏡を指で持ち上げた。

青山が危うい目をしているのは、寅太郎が袴田殺害事件捜査本部に所属のふりをしているからに違いない。

「向坂さんがおっしゃるように、袴田という空き巣犯と前田先生が親子関係にあるとしましたら、父と娘が相次いで亡くなったということになりますな。何だか複雑な思いが致します」

三田村は右手で十字を切った。

「りさ子先生から袴田のことを聞いたことはありませんか」

丁寧な口調のまま寅太郎は質問を重ねる。

「ありません。ただ、父親のことは許せないということは耳にしたことがあります。母親に苦労をかけて、お母さんは散々に泣かされたと言っていましたな」

なるほど、りさ子は袴田のことを恨んでいたのだ。袴田が父親だと名乗っても会いたくはなかったのではないか。

「袴田が保育園に来たことはありますか」

「いいえ」

三田村は強く首を横に振った。

そこへ、三田村を訪ねて女がやって来た。

女はみどり保育園の主任保育士畑山悦子《はたやまえつこ》だと名乗った。悦子は肩で息をしている。三田村からりさ子の死を教えられ、大急ぎで駆け付けたようだ。

遺体はここにはないが、そんなことは三田村も悦子もわからなかったのだろう。りさ子が死んだと警察から知らされ、とにかくりさ子の家にやって来たに違いない。

「りさ子先生、どうして亡くなったのですか」

悦子は全身を震わせながら問いかけてきた。

青山がりさ子は屋上の洗濯物を取り込もうとして転落したと推測されると説明した。

二

「すまないが、りさ子先生の遺品整理などやってくれないか。男性のわたしでは不都合なことがあるからね」

三田村に言われ、悦子は二度、三度うなずいた。青山が鑑識が終わってからでないと中に入ることはできないと悦子に言った。三田村が、警察の段取りがわからず悦子を呼び出したことを詫《わ》びた。

「しばらく時間がかかるということであれば、他の先生方にも手伝ってもらおう」

三田村は携帯電話を取り出した。

「わたしが連絡します」

悦子の申し出を受け三田村は携帯を仕舞い、

「わたしはりさ子先生のお祖母さまに連絡を取るよ」

と、これで失礼しますと立ち去った。

寅太郎が悦子に空き巣犯である袴田という男とりさ子が親子関係にあると思われることを言った。悦子は驚きの表情を浮かべたもののどう答えていいのかわからないようだ。

「りさ子さんは袴田のことを何か言っていませんでしたか」

寅太郎の問いかけに、

「そういえば」

悦子はりさ子が男につきまとわれていて嫌がっていたことを語った。

「ですが、その男のことをりさ子先生は話そうとはしませんでした」

悦子は言った。

やはり、袴田はりさ子に父親であることを名乗ったのだ。そして、りさ子は母親を悲しませた父を許すことができなかったのだろう。受け入れることはできなかったに違いない。

「警察に相談したらと言ったんですけどね」

りさ子はそこまではする気はなさそうだったそうだ。

恐らくは父親を拒み続けながらも、犯罪者扱いはしたくなかったに違いない。

「それで、りさ子先生は園長に相談したと言っていました」

「園長に」

青山は不審の声を発した。

三田村はそんなことは一言も言っていなかったからだ。

単に忘れたか、それとも、敢えて言わなかったのか。

「はい、園長は親身になって話を聞いてくれたそうです」

悦子は言った。

「どうして、園長はそのことをおっしゃらなかったのでしょうね」

疑問を呈した青山を制し、

「わかりました。ともかく、りさ子さんのご冥福を祈って差し上げてください」

寅太郎は青山を連れて外に出た。


正蔵は名目上の捜査本部長代理ということであったが、最早蚊帳《かや》の外である。

それでも取調べ室の隅で椅子に腰かけ、香田の取調べに同席していた。

香田はむっつりと黙り込んでいる。

捜査本部長となった牧村栄治が香田に、

「君の所属する環境保護団体、エターナルグリーン、かなりの過激な行動を行っているね」

「自然環境保護のために努力を続けているんですよ」

悪びれもせず香田は答えた。

「努力ね。努力とはデモを煽ったり、工事を妨害したり、敵と見なした人物や組織を脅迫したりすることか」

「それは我々の名を騙《かた》る者たちの仕業ですよ。便乗して面白がっているんです。それにぼくは末端の会員に過ぎません」

「君は幹部じゃないか。副会長ということだが」

「名目上ですよ」

「それで、今回はこの島のパラダイスアイランド建設反対運動を煽っているというわけだな」

「煽っておりませんよ」

香田は横を向いた。

そこへ、管理官の飯岡直弘が入って来て牧村に耳打ちをした。牧村と飯岡は廊下に出ると二言三言、言葉を交わした。

取調べ室に戻ってから、

「用意がいいな。君の所属する団体が弁護士を手配したようだ」

牧村は言った。

「取調べ中です」

横から正蔵が口を出したが牧村は無視して、

「お通しして」

と、言った。

正蔵は舌打ちをして横を向いた。

弁護士が入って来て名刺を出した。望月洋平《もちづきようへい》という名前の五十年配の男だ。牧村に向かって、

「デモは違法行為ではありません。直ちに、釈放してください」

弁護士らしい極めて冷静な物言いで望月は言った。

「いや、できませんな」

正蔵が即答した。牧村が黙っていろと目で言ったが、

「香田には殺人の容疑がかかっているんですからね」

「殺人ですと」

望月は香田を見た。

「誤認逮捕ですよ。ぼくは人など殺しておりません」

香田は強く主張した。

「どういうことですか。まさか、警察は殺人容疑をでっちあげ、冤罪を作り出そうとしているのではありませんか」

望月は強い口調になった。

「まあ、落ち着いてください」

牧村が宥《なだ》めに入ったが、

「直ちに、釈放を求めます」

望月は主張を繰り返す。

「無理です」

正蔵は言った。

「不当逮捕です。断固として戦いますよ。このままで押し切れると思い上がっているんじゃありませんか」

「思い上がりはそっちだろう」

正蔵が怒鳴る。

「署長を出しなさい」

望月が言うと、

「おれだよ」

正蔵は立ち上がった。

「呆れました。警察の横暴を体現しているお方ですね」

望月は腰を上げた。そして、香田を見て、

「あなたの身はわたしが救います。決して冤罪にはさせませんから」

と、言い置くと取調べ室から出て行こうとしたが、ふと立ち止まり、

「取調べの可視化を要求します。強引なる自白強要が疑われた場合、断固として問題にし

ますからそのつもりで」

「やれるもんなら、やってみたらいいんだ」

正蔵が言うと、

「あなたとは話はできませんね」

望月は取調べ室を後にした。

「どうだ、知らねえぞ」

余裕たっぷりに香田は言葉を発した。

「うるせえ」

正蔵は手を上げたが、それを振り下ろすことはなかった。

「殴ったっていいよ。その代わり、声を大にして言うからな。岩根島警察署の署長に拷問されたって」

香田は勝ち誇った。

正蔵は牧村に外に連れ出された。

「おい、坂上」

怒りの正蔵を宥めるように牧村は言った。その牧村も怒りで顔を真っ赤に染めている。

「申し訳ございません。ですが、わたしは間違っていないと思います」

「相手は、面倒な連中だ」

「なんとかっていう環境保護団体の相手をしているんじゃないんですよ。あくまで香田って男の袴田殺しの罪を追及しているんです」

「だから、殺しの容疑はいかにも証拠が不十分じゃないか」

牧村は困った顔をした。

「なに、じっくりと時間をかけりゃ、ああいう青二才は落ちるもんです」

正蔵は窓越しに香田を見やった。香田はすまし顔でいかにも余裕を見せていた。その顔を見ているだけで正蔵は怒りをたぎらせた。

「君は、取調べから外れてくれ」

牧村は冷徹に告げた。

正蔵はむっとしたが、

「わかりました。牧村課長、後悔しないでくださいよ」

正蔵の言葉に牧村は苦い顔を返した。

それから正蔵は肩を怒らせ、両目をむいて歩き去った。


正蔵は署長室に入ると腕組をして目を瞑《つむ》った。牧村の奴、腰の引けた取調べをしやがって。

香田と共に捜査本部への怒りがふつふつと湧いてきた。しかし、外された以上しばらくは大人しくしているしかない。捜査本部は流しの犯行だという線を捨てていない。牧村に指摘されるまでもなく香田の犯行だというのは自分の勘だ。証拠があるわけではなく、香田の自供頼りというのが実情である。弁護士がついたからには、香田は容易に口を割らないだろう。

さて、どうしたものだ。

このままでは引き下がらない。いや、引き下がれない。警視庁本部の連中に意地を見せるまではただではおけない。

三

寅太郎は青山と別れ、みどり保育園へ向かった。足がないため、青山に一旦、椿荘まで送ってもらい、自転車を借りて保育園へとペダルを漕ぎ始めた。自転車で走ってみると、二キロに満たない距離ながら、保育園は山裾近くとあって勾配が多く結構な運動量となった。風光明媚《めいび》な景色を味わう余裕もなく汗だくとなってペダルを踏む。一休みしようと自転車を停め、深呼吸を繰り返した。

咽喉《のど》が渇いたため冷たいお茶か水でも買おうと思ったが、自動販売機もコンビニも見当たらない。ただ前方に屹立《きつりつ》する大神山を見上げると渇きが癒された。標高五百三十メートル、お椀を伏せたような緩やかな稜線を刻む山に棲む神さまは慈悲深そうだ。だが、五百年前に大噴火をした。優しげな神の顔が憤怒《ふんぬ》の形相になったということだ。
岩根島の神を怒らせたのは何だったのだろう。パラダイスアイランドは大神山の裾野に建設される。山の神さまはどのような気持ちで下界をご覧になっておられるのだろうか。

大神山に向かって柏手を打つと、再びペダルを漕いだ。


保育園に着いてみると、保育園は日曜で休みだと思い出した。三田村は園内にある自宅にいるかもしれないと、自宅を訪ねることにした。

保育園の裏手にある自宅に近づくと、大きな声が聞こえてくる。門からはみ出た男たちが反対運動の動きを叫び立てていた。三田村は反対運動の旗頭である。日曜日、保育園が休園ということで反対派が自宅に集結しているのだろう。

寅太郎が玄関から入ろうとすると、数人の男が立ちはだかった。

「すいません、園長先生に会いたいんですが」

辞《じ》を低くして言った。

「おまえ、誰だ」

一人が居丈高《いたけだか》に問うてきた。

寅太郎は両手を腰にそろえて直立不動の姿勢を取り、

「向坂と申します」

「何処の向坂だ」

「東京から参りました向坂寅太郎です。先ほど、前田先生のマンションで園長先生にはご挨拶させて頂きましたので、あたしのことはご存じです。向坂が会いたいと申しておるとお伝えください」

セールスマン並みの丁寧な物腰で頼んだ。

「どんな用件だよ」

「直接、園長先生に申し上げます」

「おまえ、何者だよ」

「あたしは……」

腰ポケットから寅太郎は身分証を取り出すと男たちの前にかざした。

「こいつ、警察だぞ」

一人が言うと、家の中から続々と男たちが出て来てたちまち寅太郎を囲む。ラウドスピーカーを手にしている者もおり、

「警察権力、横暴、直ちに出て行け」

と、スピーカーで怒鳴り立てた。

政五郎が言っていたタクシー会社岩丸タクシーの次男坊岩丸浩次だ。島の青年団を率い

て反対運動に身を投じている、餓鬼大将が大きくなったような男である。

両の耳に指を入れ、

「そんなもの使わなくたって話はできますよ。あたしは耳はいい方ですから」

しかし、浩次の耳には届かず、

「出て行け、集会は憲法で保障された日本国民の正当な権利である」

「集会を咎《とが》めるのではありません。別件で三田村先生と話があるんです」

「警察は三田村先生を逮捕しようとしているぞ」

「何度言ったらわかって頂けるのですか。話をするだけです」

これ以上邪魔するとおまえらを逮捕するぞ、と内心で毒づいた。

「帰れ」

浩次が怒鳴ると、「帰れ、帰れ」という声が上がり、とてものこと中に入ることはできない。

裏口でもあれば、裏に回って中に入るのだが。算段をしている間にも、耳元で怒鳴られ、頭ががんがんした。

出直すか。

いや、出直したところでこの連中が三田村から離れることはないだろう。

それに、猛烈に腹が立ってきた。

やおら、寅太郎は浩次の手首を摑んだ。ぎょっとした目で見返す浩次の手首を捻り上げあっと言う間にラウドスピーカーを奪い取る。

「何するんだ」

目をむいて詰め寄る浩次に、

「下がりなさい」

と、ラウドスピーカーを使って言葉を浴びせた。浩次が手で耳を塞いだ。他の連中がいきり立ち、「帰れ」と喚きたてる。

「てめえら、下手《したて》に出ていりゃいい気になりやがって。もう我慢ならねえ！　邪魔すると一人残らず逮捕するぞ」

無茶苦茶だと承知しつつ怒鳴り立てた。

セールスマンからやくざに豹変した寅太郎に、浩次たちは後ずさった。

「三田村園長、警視庁本部の向坂です。お話があります。出て来てください」

母屋に向かって言い放つ。

気を取り直した浩次たちが寅太郎に詰め寄って来た。

「あたしに近づくな！」

大声を発すると浩次たちは手で耳を塞ぎ動きを止めた。

そのとき、目の前の人混みが両側に分かれた。レンタルビデオで観た、「十戒《じっかい》」の有名なシーンを思い出した。

母屋《おもや》から門まで繋がる一本道、といっても、精々、五メートル程度なのだが、その真ん中を黒いスータンを身に着けた三田村が歩いて来た。まさに、モーゼの如き聖職者を思わせる厳かな雰囲気を漂わせている。神父の格好がそうさせるのか、三田村本人が備えている威厳なのか。

三田村は穏やかな表情をたたえながら寅太郎の前まで歩いて来ると、静かに立ち止まった。浩次たちは殺気だっている。三田村に何かしたら、ただじゃ置かないという猛烈な威圧感がある。

ラウドスピーカーを浩次に返し、

「園長、ちょっと、お話があるのです」

落ち着きを取り戻した寅太郎は頼んだ。

満面に笑みをたたえ、セールスマンに戻っていた。

「わかりました。中でお聞きしましょう」

あっさりと三田村は承知してくれた。

「神父さま……」

浩次たちから危ぶむ声が聞こえた。しかし、三田村は大丈夫だというように手で制し、寅太郎をつれて母屋へ向かった。

玄関を入ると廊下を歩き、すぐ左手の応接間に入った。

反対運動の幹部たちと思しき、男女がいた。みな、寅太郎に険しい目を向けてくる。

「みなさん、少しの間、出てください。なに、少しばかり刑事さんと話をするだけだ。パラダイスアイランド建設のことではないと思う。そうですね、刑事さん」

三田村に話題を振られ、

「そうです」

手短に答えると、

「保育園の前田先生の事故についてだと思うよ」

三田村が言うと、反対運動の連中は応接間を出て行った。

「さて、お話を承りましょうか」

三田村は尋ねてからお茶でいいですかと聞いてきた。お構いなくと寅太郎は断ってから、

「園長は前田りさ子さんから相談を受けていましたね。りさ子さんが生き別れになっていた父親のことで」

三田村の目元が引き締まった。

「相談されましたね」

問いを重ねる。

「はい」

三田村は淡々と答えた。

「先ほど、りさ子さんのマンションでお会いした時には何も申されませんでしたな」

「言い訳ですが、嘘を申したわけではありません。プライベートのことですし、前田先生の事故死とは関係のないことと判断しましたので、敢えてお話し申し上げませんでした」

「なるほど、園長のご配慮ということはよくわかりました。で、りさ子さんは袴田が父親だと言っていたのですね」

「父親だと名乗る男だと言っていましたね」

「ということは、りさ子さんは袴田を父親ではないと思っていらしたのですか」

「…………」

三田村は無言だ。寅太郎に続けるよう目で促した。

「しかし、袴田の方は自分の娘だと確信していたようです。袴田の遺品から、幼い頃のりさ子さんの写真が出てきました。袴田はりさ子さんの写真を鹿島神宮の御守に入れ、肌身離さず持っていたんです。自分の不甲斐なさで生き別れとなった娘会いたさに、岩根島にやって来たのです。袴田は何としてもりさ子さんと親子の会話をしたかったことでしょう。保育園から帰宅するりさ子さんに父親だと名乗った。ところがりさ子さんは袴田を受け入れなかった」

　ここで寅太郎は言葉を止めた。

　三田村は、

「受け入れなかったのは前田先生が袴田という男を父親とは思わなかったからではないですか」

「それなら園長には相談しないでしょう。りさ子さんも袴田が父親だということはわかったのだと思います。わかったから、園長に相談した。つまり、自分と母親を捨てた男をたとえ血が繋がっているとしても、父として受け入れるべきかどうか、園長のお考えを聞きたかったのではないですか」

　すると三田村は軽くうなずき、

「向坂さんのおっしゃる通りです。前田先生は袴田を父親と知りつつも、父親と認めたくはなかったのです。自分と母親に散々迷惑をかけた挙げ句に家を出て行った男を今更、父親として受け入れられない。わたしは間違っていますかと聞かれました」

「園長は何とお答えになったのですか」

「わたしは、今は受け入れられなくとも、何時の日にかお父さんと呼ぶことができるかもしれない。その日まで心を静かに持つようにと、申しました」

　あくまで落ち着いた口調は三田村がりさ子を諭す姿を想起させた。

　しばらく沈黙を続けた後、

「もう少し、親身になって相談に乗ってあげるべきだったと悔いています。パラダイスアイランド建設の反対運動にかこつけて、つい、おろそかにしてしまったと申し訳なく思っています。まさか、前田先生がこんなことになるとは」

「相談は一回きりですか」

「そうです」

「袴田が殺されたことを聞き、りさ子さんは何と申されましたか」

「聞くことはありませんでしたが、複雑な気持ちだったろうと思います」

りさ子は空き巣犯が袴田であったことを知っていたのだろうか。

「空き巣犯、袴田でした」

「そのように聞いております」

「りさ子さんはご存じだったのでしょうか」

「知らなかったでしょう。もっとも、知らないままの方がよかったでしょうが。なんとも、やるせないですな」

三田村は言った。

「袴田が空き巣に入ったのは、りさ子さんと関わりがあるのではないでしょうか」

「関わりと申されますと」

「よくわかりませんが、りさ子さんに会いたかったからではないですか」

「前田先生に会うのなら、昼間に来ればいいと思いますが」

「会ってくれなかったからです。りさ子さんは袴田を父親と認めたくはなかったのですから」

「それで、空き巣ですか」

どうなのだろうかと三田村は悩まし気に首を捻った。

「園長は空き巣の一件、事件にするつもりはないとおっしゃいましたね」

「ええ、特別被害はありませんでしたし、荒らされた跡も見受けられませんでしたから」

それが何かと三田村は目で問いかけてきた。

「袴田は空き巣に入った先で現金とか金目の物を盗んでいました。空き巣犯は短時間の内に侵入した先の家を物色します。手当たり次第に机や棚、箪笥《たんす》の抽斗を引っ張り出し、欲しい物を片っ端から用意した袋に詰め、去って行く。もちろん、元に戻すなどする律義者はいません。袴田も例外ではない。ところが、園長室には物色の跡がなかった。では、袴田は何のために忍び込んだのか。袴田が欲しかった物、それはりさ子さんの連絡先、携帯や固定電話、住所です」

「では、名簿を盗んだとおっしゃりたいのですか。あいにく、名簿も紛失しておりませんが」

三田村は首を傾げた。

「盗むことはありません。メモすればいいのですよ。運が良ければ、メモの痕跡が残っているかもしれません。すみませんが、園長室までご足労願えませんか」

「かまいませんよ。警察への協力は惜しみません」

すると、

「神父さま」

ドアが開いて、男が入って来た。切羽詰まったような様子で三田村に耳打ちをした。ところが興奮しているため、ひそひそ話のつもりが丸聞こえである。

「香田君が袴田とかいう男の殺害容疑で逮捕され、容疑者に仕立てられているそうです」

三田村は目をむき、

「香田君が……。確かかね」

問いかけながら寅太郎を見た。

「香田清の容疑は晴れたと思いますよ」

返しながらも、正蔵の奴、諦めもせずにまだしつこく取調べを続けるのかと腹が立ってきた。

「警察はまだ釈放するつもりはないようですよ」

「誰がそんなことを言っているんですか」

寅太郎の問いかけに、

「香田君が所属する環境保護団体エターナルグリーンの望月弁護士です。せっかく、本土から応援しに来てくれたというのにな」

三田村は深刻な顔をした。

「不当だ」

怒りをぶつけるように寅太郎に言葉を投げ、男は出て行った。

「騒げばいいというものではありませんが、かといって、何もしないでいては、この島の自然は壊されてしまいますからな」

三田村は嘆息した。

「園長室を見たいのですが」

「向坂さん、袴田さんを殺した犯人、何としても逮捕してください。香田君の無実を晴らしてください」

三田村は訴えかけるように返すと、園長室への案内に立った。

自宅を出ると寅太郎に批難の目を向けてくる者たちを諌《いさ》め、三田村は寅太郎を連れ保育園の建物に向かった。

園長室に入ると三田村は机の上にある名簿を寅太郎に見せた。

「普段から机の上に置いておられるのですか」

寅太郎は名簿を受け取りぱらぱらと頁を捲った。

「いつもは書棚に並べております。ですが、台風接近のニュースがありましたので、万が一のことを想定し、すぐに保育士や保護者に連絡が取れるよう机の上に置いておいたのです」

「なるほど、それが袴田には幸いしたのかもしれませんな」

名簿を三田村に返し、机上のメモを取った。

「ちょっと失礼します」

筆入れから鉛筆を取り上げようとした。三田村の几帳面さを物語るように筆入れには万年筆、サインペン、ボールペン、鉛筆がきちんと揃えてあり、鉛筆は気持ちいいくらいに芯が尖っていた。その内の一本を指に挟んでメモ帳の束になる一番上のメモ用紙を芯の腹でなぞった。

やがて、文字の跡がくっきりと浮かんできた。鉛筆の黒を背景として文字が白く刻まれている。りさ子の住所と携帯の番号であった。筆跡は袴田のものだ。袴田は空き巣に入り、名簿を見つけ、りさ子の住所と携帯番号をメモしていったのだ。

メモを引き千切り三田村に見せた。

「向坂さんの推理が的中しましたな」

三田村は言った。

四

正蔵は署長室の窓辺に立っていた。岩根島署に押し寄せている反対運動のデモを見下ろし、

「野郎」

歯噛みして窓を開けた。

耳をつんざくような声が聞こえた。

「警察、不当逮捕！」

「国家権力濫用《らんよう》！」

激しい言葉が発せられた。

正蔵は顔を歪め、窓を閉めた。こんなことで香田を釈放してなるものかと思ったところで来客を告げられた。町長浦添千代蔵である。

こんな時にと思ったが、断るわけにもいかない。受け入れる旨、返事をするとやがて浦添が入って来た。

「騒がしいな」

浦添はどっかとソファーに腰を下ろした。

「時間の問題ですよ。熱しやすく冷めやすいのが日本人の国民性ですからね」

正蔵が言うと浦添は険しい顔で、

「そうは言ってもな、デモは激しさを増す一方だ。デモの連中が言っている香田とは何者だ」

「殺しの被疑者ですよ」

けろっと正蔵が返すと、

「誰を殺したんだ」

浦添は目をむいた。

「椿荘の従業員ですよ」

「ああ、あの事件か。この島で殺人事件なんて前代未聞だ。少なくとも、わしが町長になってからは聞いたことがないな」

浦添は八期目の一年目。三十年近く殺しが起きていないということだ。

「おわかり頂けましたか」

正蔵が言ったところで、

「間違いないのか。香田が犯人ということで」

「わたしはそう睨んでいますよ」

淡々と答えることで自信を示した。

「反対運動に加わっている男が島民を殺したとなると、これは」

浦添はほくそ笑んだ。反対運動を押さえ込むのに政治利用をしてやろうと目論《もくろ》んでいるようだ。

そこに、牧村が入って来た。

町長を引き合わせる。

牧村は正蔵に向いて、

「直ちに、香田を釈放してください」

すると浦添がおやっとした顔をして、

「香田とかいう学生が犯人ではないのですか」

話が違うではないかと浦添は正蔵を睨んだ。牧村は自分の見通しを語り、といっても、寅太郎の推理なのだが、香田が犯人ではないと断じた上、

「これ以上の拘留は反対運動を勢い付けることになると思います」

と、冷静な口調で断じた。

浦添が苦《にが》い顔をしたところで、携帯電話が鳴った。場違いなAKB48の曲の着信音は浦添のものである。孫が設定してくれたのだとか。浦添は携帯電話を取り、着信画面を見た。真顔になって、

「はい」

と、携帯電話を耳に当てた。

「今、署長室なんだ。うん、かなりのデモだな。どうせ、神父が煽っているんだろう」

浦添はだみ声で応じ、三田村の悪口を並べた。パラダイスアイランド建設推進者からの電話なのだろう。正蔵は横を向き、牧村は無表情で電話が終わるのを待っている。

「ええ……。それはそうだがな」

浦添は牧村を横目に見た。それから電話に集中し、

「そうだな。その方がいいだろう。わかった、うん」

と、電話を切った。

正蔵が視線を向けたところで、

「本条からだった」

と、携帯電話を示した。

代議士を本条と呼び捨てにしているのは浦添が後援者であることに加えて本条が島にいた頃から見知っているからであろう。

「本条も言っていたがな、無実の者をいつまでも拘留することは許されない。それは、人権侵害というものだ」

浦添の口から人権という言葉が出てみると、違和感を禁じ得ない。

「しかし、それは」

正蔵が難色を示すと、

「香田は犯人ではないのでしょう」

浦添は牧村に問いかけた。

「わたしの見通しでは違います」

「ですがね、窃盗の罪はあるんですよ」

正蔵が反対すると、

「香田は小公園を出た坂道で財布を拾ったと言っています」

本部長の牧村が言った。

浦添が、

「はやいとこ釈放しろ。なあ、署長」

諭すような口調であるが、目は有無を言わせない意志が込められていた。権力に屈するのは御免だが、香田を犯人だとする決め手に欠けることも確かである。

「わかりました」

正蔵は香田の釈放に応じた。

その頃、寅太郎はりさ子が住んでいたマンションの住人に聞き込みを終えたところであった。この島にあっても、他人の生活には無関心な者ばかりであったが、りさ子の両隣の住人はりさ子が死んだとあって、聞き込みに協力してくれた。

一人は看護師、もう一人は信用金庫に勤務するＯＬである。二人ともりさ子が保育士をしていたことは知っていた。顔を合わせると挨拶程度の言葉を交わしていたという。

このマンションは女性専用ということもあって、りさ子の部屋にも男の出入りは見かけたことはない。また、帰宅の際にも男に送ってもらうようなことはなかったという。

礼を述べてから、寅太郎はりさ子のスマフォの電話会社アイソラのショップへと向かった。袴田はりさ子の携帯番号を入手した。りさ子に電話をかけた可能性が高い。そのことを確かめたい。りさ子のスマフォは転落の際に破損していたということだ。

ショップに入ると、最新の機種やらアクセサリーが陳列されている。

寅太郎は青山に電話をした。二度目のコールで青山が出た。

「向坂だ」

「どうしました」

青山の声には嫌がっている様子はない。

聞き込みを行っているようで、車や騒音が聞こえる。

「前田りさ子のスマフォ、壊れていたよね」

「ええ、そうですが、何か」

「ジャージのポケットに入っていたんだろう」

「いいえ」

「あれ、違ったっけ」

「ジャージじゃなくてスウェットです」

青山が答えたところでどうでもいいことだろうと口に出かかったが我慢をし、

「スマフォは裸だったのか。それとも、ケースに入っていたのか」

「ケースでしたね」

「破損したスマフォを写メで撮って送ってくれよ」

「寅さん、前田りさ子の転落死、殺しだと思っているんですか」

親近感が湧いてきたのか青山は、「寅さん」と呼んだ。馴れ馴れしい態度だが、不愉快ではない。

「スマフォは犯人が壊したと睨んでいるよ」

「何とかやってみます」

「頼む」

スマフォを切ろうとしたところで、

「ああ、それから、香田が釈放されました」

「正蔵、誤認逮捕だって認めたのかい」

「反対運動の連中が香田は不当逮捕だと署に押し寄せたんですよ」

「ふ〜ん、正蔵も我が身が可愛くなったのか。ま、香田は犯人ではないからそれでいい」

寅太郎はショップのカウンターに向かった。

「すいませんがね」

カウンターに客はいない。

大抵、都内ではケータイショップというものは混雑しているものだが、一安心だとカウンター前に用意された椅子に座った。すると、女性店員が横の待合のチケットを取ってくれと言ってきた。

待っているのはあたしだけだぞという不満を笑顔に包み込んで、チケットを取って店員に渡す。

「スマフォの発着信履歴を調べたいんですよ。店長を呼んでください」

「あの、お客様は当社のスマフォをお使いでいらっしゃいますか」

店員もにこやかに問いかけてきた。

「いや、あたしはアイソラじゃないし、知りたいのはあたしの履歴じゃないんです」

「そう致しますと、ご家族とか」

店員は困ったように首を傾げた。

店員とやり取りをしても用件は進まない。

「畏れ入ります。大変にお手数と存じますが、店長さまを呼んで頂けませんかね」

馬鹿丁寧に頼むと店員はうざったい客と思ったようで、「お待ちください」と作り笑顔で立ち上がった。

パーティションの奥から中年の男が現れた。カウンター越しに、寅太郎は身分証を提示し、捜査への協力を要請し、前田りさ子の携帯番号をメモに書いて渡し、発着信履歴を調べたいと申し出た。

店長はおどおどしたものの、

「あの、そうした場合は捜査令状というものが必要だと思うのですが」

寅太郎は笑顔を絶やすことなく、

「店長さん、あなた、顧客の発着信履歴を警察から開示して欲しいと頼まれたことはありますか」

「いいえ」

「同僚、先輩、上司にはいらっしゃいますか」

「いませんが……」

店長の目が不安そうに揺れる。

「おそらくは、刑事ドラマをご覧になってそんなことをおっしゃったのだと思いますが、ドラマと現実の捜査は違うのですよ。現にわたしが提示した身分証もドラマと違うでしょう」

もう一度寅太郎は身分証を見せたが、店長はドラマとの違いはわからないようだ。

「違うんですよ。現実の捜査はスピードなんです。どうしても捜査令状を求められるのでしたら、後日、申請してください。言っておきますが、申請に必要な書類はたくさんありますし、手続きは面倒ですよ」

にんまりと笑い、寅太郎は早く発着信履歴を見せるよう頼んだ。

「わかりました。どれくらいの期間が必要ですか」

店長は承知した。

「過去、三カ月分ですね」

寅太郎が答えると店長は直ちにと奥に引っ込んだ。それから、女性店員にあれこれと指示をしている声が聞こえてきた。袴田庄司が岩根島にやって来たのは二カ月程前ということだったが、念のために三カ月遡った記録を確かめるべきだと判断した。

しばらくして履歴の一覧表を持ってきた。

それを受け取り礼を言って帰ろうとすると、

「あの、潜入捜査でしょうか。変装なさっているんでしょう」

店長が興味津々の目を向けてきた。

黄色いトラックスーツは敏捷《びんしょう》なアスリートが身に着けてこそ様になるのだが、頭が薄くなり、丸い腹が目立つ、一見して冴えない風貌の寅太郎が着ているとあって変装だと誤解しているようだ。

「そういうことです」

声を潜めて真顔で答えると、寅太郎はブルース・リーの空手の格好をし、立ち去った。

さすがに、「アチョー」という奇声を発することは遠慮した。

五

最寄りのファミレスに入った。

ウエートレスに渡されたメニューに島寿司や明日葉のシャーベット、アイスクリーム、ドーナッツがあるのが岩根島にいることを実感させる。横のボックス席でサラリーマン風の男が島寿司を食べていた。辛子を付け、美味そうに頰張っている。

女子高生らしいグループ客は明日葉のシャーベット、アイスクリーム、ドーナッツをシエアしていた。

視線をメニューに戻し明日葉のスイーツにしようかと迷ったがスイーツを味わっている場合ではないと、結局、ホットコーヒーを頼んだ。早速、履歴一覧表を目で追った。所々に、保育園の保育士の名前がある。そして、袴田からの着信もあった。

である。

着信があったのは、袴田が空き巣に入った日の午後十時十七分から十二分ほどの通話である。

寅太郎は唸った。

「う〜ん」

袴田がこの島に来たのは二カ月程前のことだった。袴田の来島目的はりさ子に会うためだった。前田りさ子がわが娘であることを確かめるのにどれくらいの日数を要したのかはわからない。

袴田はりさ子を娘だと確信したものの、自分が父親だと名乗るに当たって、相当に逡巡したのではないか。袴田は自分がりさ子から拒絶されることを予想していただろう。それが迷いとなっていたのだろう。それでも、決心してりさ子に近づいた。

果たして、りさ子に拒絶された。袴田はショックを受けたに違いない。

それでも、勇気を奮いおこし、りさ子に会おうとした。しかし、拒否されてしまう。となって、最後の手段に打って出た。りさ子の電話番号を知ろうと思ったのだ。

空き巣という方法しか袴田には残されていなかったに違いない。

「袴田、どうして、あたしに相談してくれなかったんだよ」

袴田の無念を思い寅太郎は呟いた。

自分を小公園に呼び出したのは、りさ子との親子関係を相談したかったのだろう。

そこに電話がかかってきた。

青山である。

「早いな。りさ子のスマフォの写真、撮ったかい」

「それはもう少し、お待ちください。袴田のことなんですよ」

青山の声は真剣みを帯びている。思わずスマフォを握りしめた。

「岩根島町立病院での解剖結果によりますとね、袴田の胃に癌があったそうです」

「重かったのかい」

「余命は半年余りではないかという所見でした」

「ありがとうな」

スマフォを切った。

余命いくばくもないと知った袴田はこの世の名残に娘との再会を望んだ。りさ子との再会が唯一の生き甲斐となったに違いない。

そんな袴田であったから、封印していた空き巣を行ったのだ。

「袴田、馬鹿な野郎だな」

寅太郎の胸はしめつけられた。

それから、目で履歴を追う。すると、袴田からの電話があった直後、りさ子は三田村に電話をしている。通話時間は約三十分に及んでいた。

これは、三田村に袴田のことを相談していたのだろう。

「いや、待てよ」

寅太郎は早計な判断を戒めた。

りさ子が袴田のことで三田村に相談したのはその電話より以前のことだ。ここで、改めて相談することが起きたのだろうか。袴田と電話で話をして改めて相談事が起きたとしても不思議はない。

しかし、三十分というのが長すぎるような気がする。

それに、そんな大事なことであれば、直《じか》に会って話せばいいではないか。

三田村という男、どうも気にかかる。りさ子から袴田のことで相談を受けていたことを黙っていた。プライベートなことだからと言い訳をしたが、寅太郎の質問をかわそうという応答ぶりだった。りさ子から袴田について相談を受けたことを誤魔化しているかのようだった。

「臭うな」

寅太郎は呟いた。

履歴をつぶさに見ていると、りさ子が死んだ日の朝、公衆電話からの着信があった。公衆電話からの着信は二回ある。

朝十時二分と午後二時二十三分、昼のはりさ子が転落死を遂げた少し前ということだ。

もう一度、青山に電話を入れた。

「おお、すまんね」

「どういたしまして。何ですか」

「前田りさ子のスマフォの着信と発信の履歴の中でな、公衆電話からの着信があったんだ。どこの公衆電話からかけられたのか、調べてくれ」

「それは構わないですが、寅さん、どうしたんです」

「調べてから話す。思いがけない、大きな獲物が引っかかるかもしれないよ」

「前田りさ子殺しの犯人ということですか」

「前田りさ子殺し、それからひょっとしたら袴田殺しもそいつの仕業かもしれない」

寅太郎は野太い声を発した。

「本当ですか」

青山が大きな声を出した。

「ともかく、公衆電話の所在を調べてくれ。午前十時二分、午後二時二十三分に前田りさ子のスマフォにかけられた公衆電話だ」

念押しをしてから寅太郎は電話を切った。

さて、どうなることだろう。

コーヒーを飲み、何度も履歴一覧を眺めた。

三十分程待っていると、

「寅さん」

元気のいい声と共に青山が入って来た。青山は息せききって向坂の隣に座った。

「わかったか」

「わかりましたよ」

青山が返事をしたところでウエートレスが水を持って来た。注文を聞かれると、

「ええっと、明日葉ドーナッツセット」

と答え、飲み物はアイスコーヒーでと言い添えた。

「何処だよ」

寅太郎が問うと、

「ええっと、ですね」

青山は地図を広げ、ペンでマークをしようとしたが、

「ま、いい。現地に行ってみよう」

寅太郎は立ち上がった。

「あ、はい。ですが、ドーナッツが……」

青山が口をふがふがとさせると、

「捜査とドーナッツとどっちが大事だと思っているんだい。丑年生まれは動きが鈍くてい

けないね」

寅太郎はさっさと歩き始めた。そこへドーナッツとコーヒーが運ばれて来た。手をつけていないコーヒーとドーナッツを置き去りにして、青山が恨めし気な顔で後を追う。寅太郎はレジをそのまま通り過ぎた。必然的に青山が勘定を払うことになったのだが、テーブルの明日葉ドーナッツセットは手つかずのままだった。

「コーヒーと明日葉ドーナッツセットで、千二百九十六円になります」

レジで告げられ、

「あ、あの、まだ、明日葉ドーナッツセットには手をつけて……」

抗議しようとしたが、

「いつまでも油を売っているんじゃない」

寅太郎に叱責されて渋々勘定を払った。領収書を貰おうと思ったが、寅太郎の顔を見るとそんな状況ではなかった。

朝にかけられた公衆電話はみどり保育園から一キロ西にあるショッピングモールからであった。そして、二件目はまさしくりさ子のマンションの近くにあるスーパーである。

犯人はりさ子に会おうと電話をかけ、次いで、近所まで来たことを告げ、屋上で会うことを提案したのではないか。

「なるほど、それは十分に考えられますよ」

青山は言ってからビニールに入ったスマフォを寅太郎に見せた。

「りさ子のスマフォです」

青山は白い手袋をはめるとビニール袋からスマフォを取り出した。カバーに入ったスマフォは液晶が破損していた。

「実物を持って来てくれたのか。すまないな……。これ、ジャージのポケットに入っていたとしたら、こんな壊れ方はしないな。ジャージのポケットにはスマフォの破片はあったのか」

寅太郎の質問に対して、

「スウェットのポケットには見当たりませんでした」

スウェットを強調して青山は答えたのだが、寅太郎は全く気にすることはなく、

「やはり、おれが睨んだ通りだな」

大きくうなずいた。

「殺しと見ていいですね」

「間違いないね」

「犯人は誰ですか」

「三田村だよ」

「園長のですか」

「他に三田村がいるのかい」

「いませんけど、どうして三田村がりさ子を殺したんですか」

青山は納得できないとばかりに目をむいた。

「そこで、袴田が関わるんだ。りさ子は袴田の娘だった」

「空き巣犯の娘だから、三田村はりさ子を殺したのですか」

「青山君、血の巡りが悪いぞ。いいかい、何のために袴田は空き巣に入ったのか。そして、何も盗まずに去って行ったのか。それはな、この世でたった一人の肉親、りさ子と会うためだった。園長室にある職員名簿を盗み見るためだった」

「でも、それで、どうして三田村がりさ子を殺したんですよ」

青山は益々、首を捻る。

「袴田はみどり保育園に空き巣に入った時に、三田村にとって都合の悪いものを見たんだろう。そして、それを袴田は娘である前田りさ子に教えた。前田りさ子は辰年、三碧木星だ。我慢強い半面、ぶち切れると手がつけられない。りさ子は三田村に袴田から聞いたことを質《ただ》したに違いない」

「りさ子が辰年とか三碧何とかはともかく、三田村が袴田とりさ子を殺した動機は口封じということですね」

「やっとわかってくれたようだね」

寅太郎が腕を組んだところで、

「でも、どんな秘密を袴田に嗅ぎつけられたんですか」

「わからん」

あまりにも堂々と返した寅太郎に青山は口をあんぐりとさせた。

その時青山のスマフォが鳴った。

「はい、青山です」

返事をした青山に、

「正蔵か」

と、寅太郎が小声で聞くと青山はうなずいた。

「滝野が逮捕された……。はい、わかりました」

青山がスマフォを切ったところで、

「正蔵、今度は滝野を逮捕したのか。何をやっていやがるんだ」

寅太郎が顔をしかめると、

「違います。滝野は東京地検に逮捕されたんです」

「何だと」

「船岡商事から賄賂を受け取っていたそうですよ。これは、ひょっとしたら、本条もやばいことになるかもしれませんよ」

青山は言った。

第四章　寅太郎逮捕

一

島は騒然となった。

滝野が東京地検に逮捕されたことが、反対運動を大いに勢いづけている。

明くる五日月曜日の朝、宿泊先のホテルストーンアイランドで本条義男が記者会見を開くことになり、寅太郎と青山は記者会見場の警備に加わった。

ホテルの前は反対運動の連中とマスコミが押し寄せ、揉み合いが続いた。騒然たる中で記者会見が行われた。殊勝な顔で会見場に現れた本条は壇上から深々と頭を下げた。

フラッシュが瞬《またた》く中、数十秒の間、頭を垂れ続けた後、本条は語り出した。

「昨日はわたしの秘書滝野博が東京地検に逮捕されまして、滝野の不祥事を深くお詫び申し上げます。パラダイスアイランド建設に関わる不祥事ということでして、島民のみなさまには心よりのお詫びを申し上げます」

本条は立ち上がってもう一度腰を折る。

「秘書に責任を押し付けているのではないですか」

早速辛辣《しんらつ》な質問が飛んだ。

「決して、そのようなことはございません」

本条は自分の監督不行き届きを認めながらも船岡商事からは一切、金は受け取っていないことを強調した。

「本当のことを言ってください」

容赦のない記者の質問が飛ぶ。

「嘘は申しておりません」

本条は毅然と返す。

「岩根島は議員の出身地ですね。その出身地の島民のみなさんに胸を張って、自分は関与していないとおっしゃれるのですか」

きつい質問であるが、

「当然です」

本条は言った。

ここで、「本当ですか」「嘘」などという罵声《ばせい》混じりの言葉が上がった。会見は約六十分、終始、本条は自分の関与を否定し続けた。

記者たちは不満を爆発させたが、本条は会見を打ち切った。

「どう、思いました」

青山は不満そうである。記者会見の間、終始本条を疑わしい目で見ていた。

「あたしが取り調べるわけじゃないからな」

無関心な寅太郎に顔をしかめ、

「これで、パラダイスアイランド建設は難しくなりましたね。反対運動の連中に大きな勢いをつけましたよ」

今後の見通しを語る青山に、

「だが、パラダイスアイランドは建設されるよ。予定は遅れたとしてもね」

確信に満ちた口調で語る寅太郎に、

「どうして、そんなことが言えるんですよ」

青山は問いかけというよりは反論のような口調で言った。青山はパラダイスアイランド建設に反対のようだ。

「それが国というものだよ。国が補助金を出すんだ。パラダイスアイランドは出来る」

淡々と答える寅太郎は達観した様子である。

「そういうもんですかね」

青山は多少がっかりしたようだ。

「それよりも、あたしは三田村源蔵の尻尾を掴むよ」

「三田村園長が袴田やりさ子を殺す動機、わかりましたか」

「わからない」

「わからなきゃ、しょうがないでしょう。名簿を盗み見たからって、殺すとは思えません。説得力がないです」

青山に痛い所を突かれ、

「袴田殺し、捜査本部の見解は何だい」

「通り魔の線で捜査を続けていますよ。観光客と反対運動に参加していた連中の中にいるに違いないと、代官山公園と小公園周辺の防犯カメラに残された画像の解析と改めて周辺の聞き込みを進めていますよ」

「芸がないねえ」

「捜査に芸なんか必要なんですか」

「芸は身を助ける、だよ」

どこまでも真顔で寅太郎は返した。

寅太郎と青山はホテルの外に出た。

すると、反対運動の連中に見つかり、あっという間に囲まれてしまった。

「また、ラウドスピーカー野郎か」

うんざりしていると岩丸浩次が近寄って来て、

「国家権力の手先、本条の犬」

と、ラウドスピーカーで怒鳴り立てた。

憤怒の形相となった寅太郎は、ラウドスピーカーを手で払い除《の》けた。寅太郎の威勢に気圧され、浩次はラウドスピーカーを使わなくなった。

寅太郎は、

「あたしは本条議員とは何の関係もないんですよ」

「でも、あんた神父さまの身辺を嗅ぎ回っているじゃないか」

「本条議員に依頼されたわけじゃありません」

「じゃあ、警視庁の命令か」

「警視庁はパラダイスアイランド建設に関係ありませんよ」

「じゃあ、どうして神父さまの身辺を探るんだ」

「園長に限ったことじゃない。ある事件について色々な人間を当たっているんです」

「怪しいもんだな」

「あたしは刑事です。怪しいわけがありません。で、ちょっと聞かせてください。二日金曜日の夜、あなた方は代官山で集会を開いていましたね。あれは園長の呼びかけですか」

「そうだよ。神父さまが観光客にも岩根島の自然環境保護を訴えかけようとおっしゃったんだ。おれは賛成してみんなを連れて八時半に集まったんだ」

「集会が終わるまで園長は代官山公園にいらしたのですか」

「もちろんだよ」

「少しの間も出て行きませんでしたか」

「ああ」

めんどう臭そうに浩次は答えた。構わず寅太郎は問いを重ねる。笑顔を深め、

「一分も離れませんでしたか」

「そうだったと思う」

「思うですか」

「だって、ずっと神父さまを見ていたわけじゃないからな」

浩次の答えは怪しくなっていった。

「公園には大勢集まっていましたものね」

「まあ、そうだな」

「集会が終わったのは九時五十分くらいでしたね。園長と一緒に引き上げたのですか」

「いや、台風が近づいて曇ってきて観光客が一斉に帰り始めたんで、おれたちもばらばら

に帰って行ったよ。神父さまは代官山公園の裏手に車を停めておられたから、車に乗って電話をくださったよ」

「すると、帰りは別々だったのですね」

「そうだよ。しつこいな。それがどうしたって言うんだよ」

「もうすみました。ありがとうございます」

「これ以上、神父さまの周りを嗅ぎ回るなよな」

浩次に釘を刺され、

「はい」

生返事をし、寅太郎は急ぎ足で立ち去った。青山も慌ててついて来る。

「袴田が殺された夜、三田村のアリバイはないことがわかったね。しかも、三田村がいた代官山公園と袴田が殺された小公園は隣接している」

「岩丸浩次たちの注意が向いていない間に、小公園に行って袴田を殺すことはできたわけですね。すると、三田村は袴田が九時半頃、小公園にいることを知っていたわけですか」

青山に指摘され、

「あたしが袴田と約束したのは十時。それ以前に袴田は小公園にいた。ということは、あたし以外の誰かと会う約束をしていたのかもしれない。その誰かが三田村なのかもね。いずれにしても、袴田はみどり保育園に空き巣に入った時に何かを見たんだ」

寅太郎はスマフォを開けた。

「どうしたんですか」

青山が興味を示す。

「ネットニュースだよ」

おれだって、ネットニュースくらい見るんだと内心で呟いた。

「出てるな」

滝野博逮捕のニュースが流れている。東京地検の捜査で、滝野が個人的に会社を持っていることが判明した。そして、船岡商事から贈られた金は滝野の個人会社の口座に振り込まれたそうだ。その上、本条は一切関与していないと滝野は証言してもいる。

そこまで読んだ時に青山が覗き込んできた。見辛そうに背伸びをしている。

「自分のスマフォで見ればいいだろう」

寅太郎に言われ、

「そうっすね」

青山は自分のスマフォで滝野逮捕のニュースをチェックし始めた。

「滝野、本当のことを言っているんですかね。本条を守っているんじゃないですか」

「さあね」

「我々、滝野を守って脅迫者に金を渡しに行ったじゃないですか」

「結局、脅迫者は現れなかったな」

「あれ、滝野の芝居だったんじゃないですかね。最初から脅迫者なんかいなかったんです。いかにも脅されているようなふりをした。想像ですけど、滝野は本条事務所の金を使い込んでいて、それを誤魔化すために脅迫者がいるような振りをした。脅迫者の存在に真実性を持たせるために警察を利用した……」

「いい線をついているかもしれないね。後日、脅迫者に支払ったことにして使い込みを誤魔化すつもりだったのかもね」

「だとしたら、滝野が言っていることは本当かもしれませんよ。あいつ単独で船岡商事から金を受け取り、使い込みの穴埋めをしようとしたのかも」

青山は一転して、本条を庇った。

ころころと考え方を変える男である。

これで、本条は贈収賄事件から逃れることができるかもしれない。ただ、贈賄側の船岡商事はどうだろう。

専務の橋爪は滝野に金を渡したことを認めている。これは大きな打撃となるだろう。ひょっとすると、パラダイスアイランド及びリゾート施設建設から下りることになるかもしれない。

「ともかく、地道な聞き込みをする」

寅太郎が青山の肩を叩いた。

「ぼくも聞き込みをしますよ」

「青山君は署に戻って捜査本部の情報収集をしてくれ」

「なんだか、ぼくは寅さんのスパイみたいですね」

「嫌か」

「嫌じゃありませんよ」

「おれはな、一匹狼を気取るわけではないけど、どうもチームワークって奴が苦手なんだ。正蔵に言わせるとスタンドプレーを気取ってやがるとか組織の和を乱すとかってことだ。正蔵が正しい。警察組織にあっておれみたいな男は失格だ。だから、おれを見習うな」

珍しく寅太郎はしんみりとなった。

「いや、ぼくは見習う点があると思います」

青山は大真面目に返した。

「おれにごますっても仕方ないぞ」

「ごますりじゃありませんよ。寅さんはごますりが通じる人じゃないし、気に入られても出世できるわけじゃないですし……。ぼくは、寅さんに刑事魂を見たんです」

「青山君、君、山《やま》さんをイメージしているだろう。刑事ドラマの見すぎだぞ」

「山さんて誰ですか」

問い返され寅太郎はむっとし、

「『太陽にほえろ!』の山さんに決まっているだろう」

「さすがに古いですよ。せめて、『踊る大捜査線』の和久《わく》さんって言ってくださいよ」

「ま、どっちでもいいけど、買い被りだぞ」

「買い被りじゃありません。ぼく、寅さんがこれと決めたら、まっしぐらに突き進む姿を尊敬しているんです」

「尻がこそばゆくなるよ。尊敬されるような大したもんじゃないさ。ただ、食らいつきたくなるだけだ。犯罪の臭いをまき散らす奴にとことん食らいつく。それはもう、自分では心も身体も抑制できない。本能みたいなもんだ。犬だよ。いや、犬の可愛さはない、事件にのめり込むとあいつは狼になるって言っている連中もいるよ。事件がない時は居眠り同然のぐうたらなくせに、事件という餌を見つけると貪欲に動き出すってな。おれの前世は狼だったのかもよ。だから、組織に馴染めず、はみ出しているんだ。おっと、これは言い訳か」

がははと冗談めかして寅太郎は笑った。

「そういえば、捜査会議に寅さんが乗り込んで香田の無実を訴えた時、署長が言っていましたよ。あの野郎、目を覚ましやがった。狼になりやがったって」

青山も笑顔を見せたところに、寅太郎のスマフォが鳴った。青山が興味を示したが、早く行けというように手を振った。

電話は妻の明子《あきこ》からだった。

そういえば、行って来ると言って家を出たきり、一度も電話をしていない。さすがに心配になったのだろう。

「悪い、悪い」

話を聞く前から謝ってしまった。

連絡してこなかったことを明子は咎めることはなく、

「あなた、わたしの自転車の鍵、持って行ってない」

意表をつかれた問いかけに、

「いや……」

反射的に否定したものの確信あってのことではない。

「お父さんだって、美佐子《みさこ》が言っているけど」

美佐子とは高校二年生の娘だ。

「ええ……」

「あなた、船に遅れるってタクシーで出て行ったでしょう。慌てていたから、わたしの鍵も一緒に持って行ったってことない。キーホルダーに付いていたけど、間違っていないかしら」

「いや」

「持ち物調べてよ」

「わかった。今、外なんだ」

「で、何時《いつ》帰るの」

そっちを先に確かめるのじゃないのかと思いながら、

「まだわからんよ。思わぬ釣りになりそうでな」

「ふ〜ん、じゃあ、自転車の鍵、調べてね」

明子は電話を切った。

「やれ、やれ」

ため息を吐いた。

明子は寅太郎が外泊しようが、問い質したりはしない。刑事という職業を理解しているというよりは、刑事はそういうもんだと思っているようだ。

二

その頃、岩根島署では一つの発見が波紋を投げかけていた。

本条に送られた脅迫状の中から香田清の指紋が検出されたのだ。

滝野が一千万円を要求されたと言っていた脅迫状とは別のもので、金銭的要求はない。

「よし、おれが逮捕に向かう」

袴田殺しは捜査本部に任せて、正蔵は香田を逮捕することにした。そこへ青山が戻って来た。

「本条議員の記者会見に行って来ました」

青山が報告すると、

「そうか」

生返事をして正蔵は外へ出て行こうとする。

「署長、どちらへ行かれるのですか」

「椿荘だ」

「何をしに」

「逮捕してやるんだよ」

正蔵は駆け出した。

「椿荘、逮捕……。まさか、寅さんを」

青山が問いかけようとした時には、正蔵は既に署の外に出て行ったところだった。

十一時、寅太郎は椿荘に戻って来た。昼飯には早いなと思いながらロビーに入ると政五郎が、「ご苦労さまです」とおどけて敬礼をしてみせた。挨拶を返して自室へと向かった。廊下で香田とすれ違った。

香田はぺこりと頭を下げた。

「おお、無事、釈放されたな」

「まったく、ひどい目に遭いましたよ。警察って本当に嫌なところですね」

「あたしも警察官だよ」

寅太郎ははははと笑った。

「ともかく、無事、釈放されたんです。早いとこ、島から帰るんですね」

「まだ帰れませんよ」

「反対運動を続けるつもりですか」

「追い風が吹いたんです。本条の不正が明らかになったでしょう」

「本条の記者会見によると、秘書が私腹をこやしていたんですよ」

「そんなこと、嘘に決まっています」

香田はこれから忙しくなると目を輝かせた。

「くれぐれも乱暴な真似はしないことです」

言ってから寅太郎は自室に入った。

「自転車の鍵は……」

鞄を探した。荷物をひっくり返してみた。

「あっ」

キーホルダーに鍵がいくつかあるが、その中に明子の自転車の鍵があった。

「しまったな」

舌打ちをしてしげしげと鍵を見つめる。

「しょうがないな」

スマフォを取り出し、明子に電話をした。

すぐに明子が出た。

「あったの」

前置きもなく問い返してきた。

「すまん」

「もう、これだからね。ま、いいわ。しばらく自転車には乗らない」

あっさりと明子は許してくれた。あまり、不満を言い立てないのが明子のいいところである。

「あなた、釣りじゃなくて殺人事件の捜査をしているんでしょう」

明子はずばり聞いてきた。

「なんで、そんなことを聞くんだよ」

「だって、ニュースでやっているもの。岩根島は殺人事件とパラダイスアイランド建設反対運動、それに本条代議士の秘書が収賄容疑で逮捕されて、それはもう大揺れに揺れているって。台風が過ぎても暴風が吹きすさんでいるって報道しているわよ」

「大騒動にはなっているな」

「捜査の邪魔をしてはいけないわよ」

「おれは邪魔なんかしたことはないさ」

「事件が解決してからじゃないと戻って来ないのでしょう」

「そういうこと。自転車、不便かけるが、よろしく頼む」

「わかったわよ」

明子は電話を切った。

やれやれである。


正蔵は椿荘の玄関先にパトカーを停めた。腕時計を見ると十一時十分である。

玄関に入るなり、

「香田清はいるな」

と、政五郎に言った。

警察の制服に身を包み、尚且《なおか》つ高圧的な正蔵に、

「二階だよ」

政五郎はそっぽを向いて答えた。

「よし」

正蔵は靴を脱いで階段を駆け上がった。

廊下の向こうから香田が歩いて来る。香田と目が合った。

「な、なんだよ」

香田は目を白黒させた。

「おまえを逮捕する」

正蔵は言った。

「冤罪だ。だって、おれは釈放されたばかりじゃないか」

香田の声は大きくなった。

「馬鹿、殺人の罪じゃない。本条議員恐喝《きようかつ》の罪だ。本条議員に送られた脅迫状からおまえの指紋が検出された」

正蔵は逮捕状を示した。

「ふ、不当だ」

大きく顔を歪め、香田が叫んだ。

寅太郎はごろんと仰向《あおむ》けになった。

三田村のアリバイを崩すにはどうするか。それには、袴田を殺した動機を探り出さなければならない。二人の間にある接点としたらりさ子以外には考えられない。

そこに、

「ふ、不当だ」

香田の叫び声が聞こえた。

続いて、

「大人しくしろ」

正蔵の怒鳴り声も耳に飛び込んできた。

「正蔵の奴、性懲《しょうこ》りもなく」

憤然として寅太郎は廊下に飛び出た。

正蔵が香田に手錠をかけようとしている。

「正蔵、いい加減にしろ」

「おまえとは関係ない。すっこんでろ」

「そういうわけにはいかん。香田さんを離せ」

「馬鹿野郎！」

「馬鹿はおまえだ。警察の面汚しめ」

寅太郎は前に進み出た。

「うるさい」

正蔵が怒鳴ったところで香田が飛び出した。追いかけようとする正蔵の腕を摑んだ。

「香田さんは釈放されたんだ」

「てめえ、公務執行妨害だぞ」

正蔵は目をむいた。

「おまえこそ、不当逮捕だ」

寅太郎が怒鳴り返すと、香田は腕を振りほどき、脱兎の如く階段を駆け下りた。

「待て」

正蔵が追いかけようとしたところで、

「駄目だ」

寅太郎は正蔵の腕を摑んだ。

「公務執行妨害の現行犯として向坂寅太郎、逮捕する」

正蔵は寅太郎に手錠をかけた。

「何をするんだ」

寅太郎の抗議など耳に入らず正蔵は、

「来い」

と、引っ張った。

次いで、署に無線連絡した。

「正蔵、後悔するぞ」

「ああ、後悔したよ。もっと早く逮捕すべきだったとな」

正蔵は寅太郎を引っ張った。

「わかった。大人しくついて行く」

寅太郎は言った。

「恥を知れ」

正蔵が罵声を浴びせると、

「それは、こっちの台詞だ」

寅太郎は憤然と言い返した。

「あら、どうしたんですか」

祥子が階段を上がって来た。

「心配ないですよ」

寅太郎は笑みを返した。

「心配ないって、逮捕されたじゃないですか」

おろおろとする祥子を尻目に、寅太郎は大手を振って階段を下りた。

パトカーに乗せられた。

「手錠、外してくれよ。逃げはしない」

寅太郎は言った。

「逃げたら、射殺するぞ」

正蔵は手錠を外した。

寅太郎は後部座席に乗せられ、正蔵は無線で香田が逃亡したことを報せた。

「見つけ次第、逮捕しろ」

正蔵はだみ声で命令した。

「まだ、香田を被疑者扱いしているのか」

「袴田殺しじゃねえ。本条代議士恐喝の容疑だ」

「なんだと」

「あいつ、本条代議士に脅迫状を送っていたんだよ」

「そうだったのか」

「間抜け野郎、だから、邪魔するなって言ったんだ」

正蔵はパトカーを運転しながら目を凝らした。

「香田が恐喝か」

寅太郎は思案を巡らせた。

三

みどり保育園の三田村の自宅は閑散としていた。反対運動の連中は本条の宿泊するホテルストーンアイランドと事務所に押しかけているからだ。三田村はこのところの疲労を訴え、一人で自宅に籠っている。

応接間で一人、テレビを見ていた。ニュース番組では滝野逮捕が大々的に扱われていた。

「ふん」

三田村の顔には満足そうな笑みが広がる。

そこへ、

「失礼します」

インターフォン越しに男の声が聞こえ、三田村は入るように言った。やがて、応接間に男が入って来た。

三田村は無言で座るよう促す。

男は本条義男であった。

「義男、滝野とかいう秘書、うまくやるだろうな」

三田村の問いかけに、心配はいらないと本条は深くうなずいた。

「東京地検は侮《あなど》れんのと違うのか」

「大丈夫ですって。あいつには、たっぷりと礼金を払っています。それに、弱みも握っていますよ。馬鹿な奴で、ハワイでマリファナをやっていたんです。それに五百万の使い込みをしていたこともわかりました。ぼくの言うことを聞くしかありませんよ。東京地検には贋《にせ》の脅迫状を作ってぼくから一千万円をだまし取ろうとした、というシナリオに沿って証言するはずです」

本条は自信たっぷりだ。

「まあ、おまえのやることだ。間違いないとは思うがな」

「園長こそ、うまくやってくださいよ。今のところ、見事に反対運動の盟主を務めていらっしゃいますがね」

「エターナルグリーンの香田がうまいこと島民を扇動してくれた。使える男だ。いいタイミングで乗り込んで来てくれたもんだよ」

「奴ら、自分たちの存在を誇示できる場所を探していますからね。どでかいプロジェクトが進行している岩根島に目をつけたのは当然ですよ。ともかく、船岡商事には打撃を与えられました。専務の橋爪、土地買収の金を出し渋っていましたからね。橋爪が逮捕されたとなると、常務の船岡登《のぼる》がこのプロジェクトを推進します。登は社長の息子、それにぼくの大学の後輩ですからね。この土地も数倍の値段で売れますよ。坪十万円として五億円ですね」

「五億か」

三田村の顔が緩んだ。

目下提示されているのは坪単価三万円、全部で一億五千万円だ。

「それにしても、袴田とかいう空き巣が園長室に忍び込んだ時には胆《きも》を冷やしましたよ」

本条が言うと、

「お蔭で、こっちは罪深いことをしてしまった」

三田村は手をしげしげと見た。

袴田が空き巣に入った時、園長室の隣の部屋で三田村と本条は密談に及んでいた。反対運動を盛り上げ、そして船岡商事の専務橋爪信也を追い落とし、土地買収の価格を吊り上げるという計画だ。その密談を交わしていた最中に袴田が空き巣に入ったのだ。

「あの時は、警察に通報するわけにもいかなかった。おまけに袴田の奴、前田りさ子に我らの計画を話し、こんな保育園なんかやめろと言いおった」

三田村はりさ子に詰め寄られた。

「無理もないでしょう。保育士たちは給与も遅れ気味というのに頑張っているんですからね」

保育士たちは三田村が幼児教育に情熱を注いでいることを目の当たりにし、自分たちも苦しいながらも給与面で我慢をしながら頑張っていた。

「それが、園長がギャンブルで多額の金をすってしまい、その穴埋めをしようと、この土地を高値で売ろうと企んでいるなんて知ったら、園長の化けの皮がはがれてしまうどころではありませんよね」

おかしそうに本条はくすりとした。

「わたしだって、最初から騙そうと思ったんじゃない。かつては二百人を超える園児がいた。教会にも多額の寄付があったんだ。それが、今や園児は五十人余り、教会に寄付する者なんか稀、施しを受ける者ばかりが増えた。東京都からの補助金頼りでは保育園の運営などできるはずはない」

「おまけに園長がギャンブルにはまったとあってはね」

本条は薄笑いを浮かべた。

「多少、競馬をやっただけだ」

三田村は顔をしかめた。

「多少ではないでしょう。ポケットマネーでは足りず、園児の給食費まで突っ込み、それでも足りずに園舎補修の名目で銀行から借りた金も賭けてしまっては、借金が増えるのも当たり前ですよ。保育士のみなさんに同情したくなりますね」

「何とでも言え」

三田村は開き直った。

「そのお蔭で、こちらもうまくいきそうですがね」

言い過ぎたと思ったのか本条はフォローした。

「前田りさ子に知られた時は本当に胆を冷やしたがな」

三田村はりさ子と話し合いを重ねた。りさ子は保育士たちにこのことを明かすと言った。そうなれば計画はとん挫する。

「あの女、普段は大人しくて我慢強いんだが、たまに切れることがある。切れたら手がつけられん。とても宥められんのだ。口封じするしかなかったよ」

三田村にとっては折よく、袴田が電話をかけてきて、本条と反対運動を利用した地価の値上げを企んでいると批難した。三田村はその件とりさ子について話し合おうと申し出た。すると、袴田は話し合いに応じ、二日の午後九時半、代官山の小公園を指定した。三田村は岩丸浩次に観光客に向け訴えかけようと持ちかけて、二日の午後八時半に代官山公園で反対運動の集会を開き、途中抜け出して袴田を殺したのだった。

「迂闊《うかつ》だったのは、園長室を空き巣に入られたままにしていたことだ。台風接近で園児たちは早めに帰していたから、保育園は無人だと思っていたからな。ところが、りさ子は律儀に園児を迎えに来るのが遅れた母親を待ち、その上台風に備えて園内を見て回った。空き巣が入ったことを報せる電話をかけてきた時は驚いたよ」

三田村は袴田を殺し、さらにはりさ子も転落死に見せかけて殺した。

「ともかく、乗り切るしかありませんよ。こうなったら、ぼくも園長も一蓮托生《いちれんたくしょう》ですからね」

「大丈夫だとは思うが一つ気になることがある」

三田村は声を低めた。

「どうしたんですか」

「警視庁本部からやって来た向坂とかいう刑事だ」

「向坂……。ああ、あの冴えない中年男ですか」

「確かに冴えない男だ。ところがああいう奴に限ってしつこい。わたしのことを嗅ぎ回っている。どうやら、わたしに目をつけているようだ」

三田村は首筋を手で触った。

「向坂に捜査権限はありませんよ。だから、放っておけばいいんです」

何でもないと本条は右手を振った。

「好き勝手をさせていいのか」

「園長はとにかくどっかりと座っていてください。下手に動かないことです」

「わかった。それにしても、向坂という男、何者だ。刑事部長付とはどんな役職なんだ」

「何か失態を仕出かしたのかもしれませんね。それで刑事部長の預かりになっているということなのかも。じゃないと、階級は警視でありながら何の役職もないというのは変です。念のために調べていますよ」

「どうも不気味な男だ」

三田村は目を細めた。

「あとしばらく、反対運動の旗手としてしっかり頼みますよ」

「おまえも、島のために粉骨砕身《ふんこつさいしん》する代議士を演じろ」

「ぼくは心底から島の発展を願っていますよ。岩根島を東アジア一のリゾートにするんです」

本条の顔には一点の曇りもない。

「ともかく、あと少しの辛抱だ。そうすれば、わたしも報われる。幼い頃から禁欲を強いられ、清貧を良しとして暮らしてきたのだ。六十を超えたんだ。これからは多少の贅沢をしても神はお許しになる」

三田村は十字を切った。

「ぼくだって、いつまでも副がついているのは御免ですよ」

「その意気だ。単なる大臣ではなく総理大臣を目指せ」

強い口調で三田村は言った。

昼になり、三田村の家を出ると、本条は園内にある教会へと向かった。本条自身はカトリックの洗礼を受けることはなかった。従って、教会で礼拝をする気はない。教会の裏手に広がる墓地に行きたかった。

ところが教会の屋根が見えたところで立ちくらみがした。

続いて脳裏に雷鳴が響き渡る。

豪雨に見舞われた真夜中の墓地で男が墓を掘る情景が瞼《まぶた》に広がる。少年が教会の陰からその様子を見ていた。

やがて、稲妻に男の横顔が浮かぶ。

その時、頭上で飛行機のエンジン音が聞こえた。白昼の悪夢から覚めた本条は空を見上げた。大神山の頂上遥か上空を旅客機が飛んで行く。八丈島を目指すボーイングだ。

本条は手庇を作りボーイングを見送った。

そして、

「パラダイスアイランドが出来たら、八丈島並みに一日三便の運航を実現させるぞ。それどころか、上海、香港、台北、ホノルルとも繋がるんだ」

掲げている公約を口に出し、自らを鼓舞した。

岩根島署では寅太郎が留置場に入れられていた。

「こんなことをして、ただで済むと思っていないだろうね」

寅太郎の抗議を、

「それはおれの台詞だ。いいか寅、おまえはな、代議士恐喝の被疑者の逃亡を幇助《ほうじょ》したんだ。ただで済むか」

正蔵は怒鳴りつける。

鉄格子越しに二人は睨み合う。

「それよりも、話がある」

表情を落ち着け寅太郎は言った。

「おまえの話なんぞ、聞くわけないだろう」

「袴田殺しの犯人がわかった。袴田殺しばかりじゃない。前田りさ子も殺されたんだ」

「前田りさ子は事故死だ。殺しじゃない」

言下に正蔵は否定した。

「殺しだ。前田りさ子と袴田は親子だ。DNA鑑定はどうなっている」

「DNA鑑定などしていない。する必要がないからな。寝言は寝て言いな」

「この石頭」

　堪らず寅太郎は鉄格子に頭突きをした。

「石頭はおまえじゃないか。頭で鉄格子を折ってみろ。この島はおれの縄張りだ。勝手に荒らし回ることは絶対に許さん」

「そんな心の狭いことでどうする。警視庁は、そして警察は一つだ」

　寅太郎が諫めるように言うと、

「よくそんなことが言えるな。笑わせやがるぜ」

　正蔵はせせら笑った。

「市民にとっては警察は一つなんだ」

「きれいごとを並べるか」

「警察官がきれいごとを並べないでどうするんだ。妙な縄張りだの意地だのは捨てろよ。冤罪を起こしてはいけない」

「おまえだって、そんな組織の一員だろう」

「そうだ。でもな、そんな組織にあっても、おれはきれいごとを貫くつもりだよ」

「きれいごとを並べるような面か。ともかく、ここでしばらく頭を冷やしているんだ。いいな。大人しくしていれば出してやる」

　正蔵は言い置くと、立ち去った。

署長室に戻った。

捜査一課長牧村栄治が入って来た。

「香田を取り逃がしてしまいましたよ」

正蔵は苦い顔をした。

「聞きましたよ。大いなる失態ですな」

牧村は冷然と言った。

「とんだ邪魔が入りましたんでね」

「邪魔とは」

「警視庁刑事部長付、向坂寅太郎警視が香田を逃したのです。よって、逃亡幇助並びに公務執行妨害で現行犯逮捕しました」

「向坂が」

牧村も困ったように顔をしかめた。

「ともかく、香田を捕まえることに全力を挙げますよ」

「頼みます。それにしましても、袴田殺しの有力被疑者が挙がりませんね」

通り魔の犯行の線で捜査に当たっているのだが、成果が上がっていない。牧村も焦りを見せている。

正蔵は、

「香田ですよ。恐喝の罪で逮捕して、今度こそ、自白させてやります」

「香田に拘りますか」

「わたしは香田が犯人だと確信していますね」

「取調べは我々で行います」

「警視庁本部も所轄もないでしょう。同じ警察じゃありませんか」

言ってから正蔵は寅太郎の言葉であることを思い出し、失笑を漏らした。

四

午後六時、三田村は一人、園内の自宅でくつろいでいた。反対運動の連中は自分を信じ切っている。まったくおめでたい奴らだ。義男の奴も意のままだ。

あいつを育て、大学まで出してやったのだから恩返ししてくれていいだろう。

あいつもおれには頭が上がらないのだ。

この土地の値、吊り上げるだけ吊り上げて、売り切ろう。

三田村は書棚を見た。聖書を取り、それを机の上に置く。書棚の奥からブランデーを取り出した。ブランデーグラスに半分程も注ぎ、ソファーに身を沈める。

ステレオにレコードをかけた。やはり、音楽はＬＰレコードに勝るものはない。

バッハの、「マタイ受難曲」をかけた。

厳かな調べが流れる。身も心も癒される名曲だ。ゆっくりとブランデーを味わった。目を瞑り、しばし、名曲と名酒に酔いしれた。心地よい気分に浸っていたところへ、インターフォンが鳴らされた。

「なんだ」

冷水を浴びせられたような心持ちだ。

無視しようと再び目を瞑ったが、インターフォンはしつこく鳴らされる。反対運動の連中ではあるまい。今日はわたしの奢《おご》りだと岩丸浩次に金を渡してある。今頃は酒を飲んで浮かれ騒いでいるはずだ。

宅配便かそれとも警察か。

あのしつこい刑事。

無視してやろうとバッハに集中したが、インターフォンに加えてドアを叩く音がした。ただ事ではないような気がした。

飲みかけのブランデーグラスを置いて立ち上がり、玄関に向かった。ドアが叩かれ続けているため、

「今、出るよ」

声をかけたが耳に入らないようでドアは叩かれ続けた。

ドアを開けると、

「助けてください」

香田が立っている。

「香田君か。びっくりするじゃないか」

「何度もインターフォンを鳴らしたんですよ」

口を尖らせ、香田は入って来た。

「すまない。少し、うたた寝をしていてね」

三田村は香田を連れ、応接間に入った。せっかくの憩いのひと時をぶち壊しにされた不快感で一杯だ。香田、一体、何をしに来た。

耳障りになったバッハを止め、ソファーで香田と向き合った。

「警察、釈放されたんだろう」

怒りを鎮め、にこやかに問いかけた。

香田は首を横に振った。

「だって、君、ここにいるじゃないか。釈放されなかったら、出て来られないだろう」

「釈放されたんですよ。弁護士もやって来て、ぼくの容疑は晴れたんです。それで、民宿に戻ったんですよ。ところが、民宿に署長がやって来て再び逮捕されそうになったんです」

「容疑は晴れたんじゃないのか」

「晴れたのは殺しの容疑で、今度は脅迫の罪だとか。本条に届いた脅迫状からぼくの指紋が出たっていうんですよ」

「君、脅迫状を本当に送ったのか」

三田村は香田を見据えた。

「いえ」

「本当のことを言いなさい」

語調を強めると、香田は首をすくめ、うなずいた。

「反対運動に熱心なのはいいんだけど、脅迫はやり過ぎだな。いいかい、わたしたちはパラダイスアイランド建設に反対している。それは岩根島の自然を守るという思いで結束しているんだ。決して、本条義男憎しの運動ではないのだよ」

「それはわかります」

香田はうなずいた。

「脅迫行為は間違っていますね。ですが、警察には咎められるでしょうけど、重罪にはならない。今からでも自首しなさい」

つくづく厄介な男である。

こいつの所属する環境団体エターナルグリーンは過激だとは聞いていたが、暴走が過ぎると迷惑というものだ。さすがに、こいつは幹部だけあって反対運動を引っ張っていってくれた。自分が島の自然を守る闘士というイメージはいいように定着した。しかし、この男とエターナルグリーンは最早邪魔だ。香田には島から去ってもらう。そして、本条代議士を脅迫していたエターナルグリーンも退場してもらうに限る。

「香田君、君や君の団体は本当によくやってくれた。わたしも島民も感謝しているよ。だからね、君が自首した後は、君たちは島のことを思う余り、ついつい過激なことをやってしまったのだと、マスコミに訴えてあげる。今、本条は秘書が収賄容疑で捕まり、非常に追い詰められている。反対運動は実を結ぼうとしているんだ」

熱を込めて三田村は語った。

香田は神妙な様子で聞いていたが、

「園長、お話がお上手《じょうず》ですね」

やおら、香田の顔に邪悪な表情が浮かんだ。ぞっとするような笑みである。

この男、一体、何を考えているのだ。

三田村が無言で見返すと、

「園長、目論見通りじゃないんですか」

「目論見とはよくない言葉遣いだと思うよ」

「そうですかね。だって、あれでしょう。園長は本条と裏で繋がっているんでしょう」

「な、何を言うのですか」

「おかしいな。ちょっと前に出て行ったの、本条義男ですよね」

「そんな馬鹿なことは」

「ぼく、見ました」

香田は身を乗り出した。

「正直に答えよう。確かに本条義男は来たよ。それはね、本条はこの保育園に通い、こんなことを言ってはなんだが、大学を卒業するまでわたしが援助していたんだ。だから、個人的に挨拶をしにやって来たんだ」

「それはぼくも知っていますよ。ですから、島のみなさんは本条のことを恩知らずだと言っているんですからね」

「だから、裏で繋がっているわけではない。むしろ、義男はわたしと島を裏切った男だ。そんな男とわたしが手を結ぶはずはなかろう。どうやって手を繋ぐというのだ」

「この土地の売買ですよ」

香田はしれっと言った。

「売買……」

「そうですよ。高く売るために反対運動を盛り上げ、より、高く売れるように利用した。

よく、考えたものですね」

香田は哄笑《こうしょう》を放った。

三田村は唇を震わせ、

「誰がそんなことを言っているんだ。島の連中か」

「いいえ」

「じゃあ、君の勝手な憶測だろう」

「袴田さんです」

「袴田だと」

「ご存じのはずですよ。いや、知らないのかな」

「袴田がおまえに話したのか」

ついつい言葉遣いが乱暴になってしまう。

「ぼくには話していません。ただね、電話をしているのを聞いたんですよ」

袴田は誰だかしらないが、園長はとんだ食わせ者だと怒りの電話をしていたそうだ。

「ぼくは、信じられませんでした。で、あまりにも驚いたので、袴田さんに本当かどうか確かめたんです。そうしたら袴田さんは間違いないって。それで、鵜呑みにしたわけじゃありませんよ。でもね、その直後、袴田さんは殺されてしまい、袴田さんが言ったように本条の秘書が逮捕されてしまいました。それで、ぼくも袴田さんが言ったことは本当だと思えてきたんです。それに、ぼく、見たんですよ」

香田の声音に凄みが加わった。

「見た……」

三田村の額に脂汗が滲んだ。

「二日の晩。園長の呼びかけで代官山公園にぼくら反対運動の連中を集めましたね。観光客も来ていて代官山公園は一杯でした。それで、用を足すにもトイレは一杯、仕方なく小公園のトイレで用を足したのです。その時、袴田のものとは知らずに財布を拾いました。ブランコで袴田が揺られていましたが、反対運動が盛り上がっていましたので声をかけずに代官山公園に戻ったのです。そこで、園長が小公園に入って行くのを見たんですよ。スータンに身を包んだ園長は切迫した顔をしていらした。てっきりトイレなのだと思いましたが、なんと袴田は殺されたというではありませんか」

香田は捲し立てた。

三田村は黙っている。

「ぼくもよせばいいのに、ブランコを見に行きました。園長が袴田を刺したとしてどれくらい血が流れたのか確かめたかったのです。現場には血痕が残っていました。ならば、園長は返り血を浴びたのではと思い、反対運動の連中に確かめました。すると、園長は岩丸に電話して帰ってしまったというではありませんか。あなた、車の中で着替えたのですね」

「話はよくわかった。それで、君はこのことをマスコミに公表しようというのか」

「おおっと認めましたね。台風の後ですから、血痕なんか確かめられませんでしたよ。冷静な園長も殺人を犯して焦りましたか」

香田に引っかけられ、三田村は舌打ちしてから、

「信じるものか」

気を取り直して三田村は否定したが、

「そうですかね。やってみる価値はあると思いますよ。それとも、園長のお考え次第では公表しないこともあり得ます」

香田はにんまりとした。

「はっきり言ったらどうだ」

三田村は足を組んだ。

「二千万円」

香田は人指し指と中指を立てた。

「二千万円だと」

「決して高くはないと思いますよ。この土地、一体いくらで売れるのかは知りませんが、少なくとも億単位でしょう。二千万くらい、わけてもらってもいいじゃありませんか」

「土地が売れたらだ。今、二千万などという大金があるわけないだろう」

「だったら、本条義男に払わせたらいいでしょう。本条はあなたに恩義を感じているんでしょう」

香田は言った。

「君という男は、それでも、反対運動をしている学生か」

「園長に言われたくはないです」

香田は笑った。

「わかったよ」

三田村は応じた。

五

「さすがは園長、話がわかる」

香田がうれしそうな顔をしたところで、

「よかったら、飲みなさい」

三田村は立ち上がり、ブランデーを指差した。

「ブランデーですか。いいですね」

香田が相好《そうごう》を崩したところを見て、

「君はかなり飲めるそうだな」

「嫌いじゃないですよ」

「嫌いじゃないどころか、酒豪だと岩丸君たちから聞いているぞ」

親し気な口調で三田村は語り掛ける。香田は照れ笑いを浮かべ、

「酒豪っていうより、好きなんですよ、おれ、酒が。酒だったら何でも」

二千万円を手に出来る祝杯を上げたい気持ちが高まっているようだ。

「よし、待っていてくれ。ブランデーグラスを持って来るから」

三田村は応接室から出ると台所へと向かった。

台所に入ると、ブランデーグラスを持ち、同時に睡眠導入剤をポケットに忍ばせた。あの酒乱、薬を盛られるなどとは微塵も思わないだろう。

応接間に戻るとブランデーグラスを渡しブランデーを注ぐ。三田村とグラスを合わせ、香田は一口飲んだ。三田村はステレオに針を落とした。

「LPレコードですか」

香田が興味を示すと、

「君はLPなど知らないだろうね」

「知ってはいますけど、聞いたことはありませんね。なんだか、CDに比べて柔らかな音

色ですね」

「わかるかい」

「いえ、そんな気がするだけですよ。園長、随分とLPをお持ちですね」

香田は書棚に納まったレコードに目をやった。

「クラシックばかりだがね。クラシックは好きかい」

「好きですね。ちょっと、見てもいいですか」

「もちろんだとも」

三田村はソファーに腰を下ろした。香田はLPを取り出してみたりした。

「気に入ったレコードがあったら、ステレオにかけていいよ」

三田村が声をかけると香田は夢中でレコードに見入った。三田村は睡眠導入剤をブランデーグラスに入れた。香田はLPの中からモーツァルトのレクイエムを取り出し、ステレオにかけた。

「モーツァルトが好きなのかい」

三田村が声をかけると、

「ベートーベンやバッハよりは好きですね」

「モーツァルトを好きな人間に悪人はいないよ」

三田村はにっこり微笑んだ。

香田はレクイエムに聞き入り、次第にまどろんできた。やがて、寝息を立て始める。

三田村は冷笑を浮かベスマフォを出した。本条に電話を入れる。三回のコール音で本条は出た。

「厄介なことが起きた。すぐに来てくれ」

「どうしたんですか」

「反対運動の学生だ。香田なんだがな、あいつ、われらの企てを掴んで脅してきた」

淡々とした口調ながら怒りを滲ませた。

「わかりました」

本条も危機感を抱いたようだ。

十五分後、本条はやって来た。

レクイエムは第十三曲、「神《かみ》の子羊《こひつじ》」に差し掛かっている。ソファーで眠りこける香田を本条は見下ろした。

「始末するしかないだろう」

三田村は香田を指差した。

「わたしに殺せと」

当惑を示す本条に、

「二千万円払うのか」

三田村は顔を歪めた。

「こういう手合いは二千万円払ったら、それだけでは終わりませんよ」

本条は吐き捨てた。

「それなら殺すしかあるまい。わたしは、袴田と前田りさ子の口封じをしたんだ」

「今度はわたしの番ということですか」

「わたしたちは一蓮托生だと義男が言ったんだぞ。犯す罪も平等でなければならん」

「わかりました。といっても、どうやって殺しましょうか」

「天狗《てんぐ》岬《みさき》から突き落とせばいい。香田は警察に追われている。追い詰められて自殺したと見なすだろう」

三田村は言った。

天狗岬は島の南東に突き出た岸壁だ。岸壁の下は五百年前に噴火した大神山の溶岩が流れ出て黒く固まった岩場となっている。転落すれば命はない。

ここからはおおよそ十二キロである。

「わかりました。それにしても、馬鹿な男だ」

本条は香田を見て呟いた。

「さっさと、始末しよう」

三田村は言うと本条と共に香田を運び出した。レクイエムは第十四曲、「聖体拝領唱《せいたいはいりようしよう》」に至っていた。

本条が肩、三田村が足を持って外に出ると門の脇に停めてある本条のワゴン車に運んで行った。本条は平気だったが、三田村は途中、二度休み、肩で息をしながらようやくのことで香田の身体をワゴン車の後部座席に横たえることができた。

「義男、頼むぞ」

三田村は額の汗を袖口で拭った。

ワゴン車が走り去ったのを確かめてから応接室に戻り、ソファーにぐったりと身を沈めたところに、インターフォンが鳴った。

まさか、警察か、それとも何か不備があって本条が戻って来たのか。

再度、インターフォンが鳴らされた。

おっかなびっくり玄関に向かう。インターフォンに加えてドアを叩く音が聞こえ、

「神父さま」

という岩丸浩次の声が聞こえた。浩次ばかりか数人の男たちがいるようだ。

なんだ、あいつらか。

ほっとして、

「今、開けるよ」

声をかけてから腕時計を見た。午後七時三十五分だ。香田を始末した後で良かった。おれはついていると思うと笑みがこぼれ、勢いよくドアを開けた。


明くる六日の朝、天狗岬の下、岩場の間で香田清の死体が発見された。観光で訪れたカップルが一一〇番通報をしてきたのだった。

「失態もここに極まれりですな」

牧村は正蔵に言った。

正蔵は苦虫を噛みつぶしたような顔つきで押し黙っている。牧村は管理官の飯岡直弘と腕組をして善後策を講じた。

牧村が警視庁本部天宮刑事部長に電話を入れた。

香田の死体が発見されたことを報告している。

「はい、申し訳ございません」

牧村は電話口で盛んに頭を下げた。電話を終えてから、

「マスコミが騒ぐでしょうな」

牧村は正蔵に言った。

「騒がれようが、香田は殺人犯で間違いありません」

反発するように正蔵は言い返した。

「まだ、そんなことを言っているのですか」

「間違いないと思います」

「今更、証明のしようがないな」

管理官も嘆くように言った。

「ともかく、署長、署長の失態だ。岩根島署で対応願いますよ」

冷然と牧村は告げた。


留置場で一夜を明かした寅太郎は大きく伸びをした。

そこへ正蔵がやって来た。

「釈放だ」

正蔵はぶっきらぼうに言った。

「容疑は晴れたのか、署長殿」

からかうように寅太郎は言った。

正蔵はそれには答えず、

「香田清が死んだ」

と、言った。

「殺されたのか」

さすがの寅太郎も軽口を叩くことはできなかった。

「状況は身投げだ。天狗岬という岬から身を投げたと思われる」

「遺書は」

「見つかっていない」

「本当は見つかったんじゃないのか。おまえへの恨み言が綿々とつづってある遺書がな」

寅太郎が言うと、

「それくらいにしとけよ。じゃないと、おれの気が変わって釈放を取り消すぞ」

正蔵は言った。

「わかったよ。それにしても、自殺とは臭うな」

「おまえもそう思うか」

正蔵は唇を噛んだ。

「おまえ、このまますませる気か」

寅太郎は言った。

「おれの手にはおえなくなった」

「そうか、なら、おれが捜査してやる」

「やめとけ」

「どうした。ずいぶんと弱気じゃないか」

「なんとでも言え」

正蔵は出ろと留置場を開けた。

寅太郎は留置場を出た。

「やっぱり娑婆《しゃば》はいいな」

寅太郎は言うと、岩根島署から出て行った。


ショートスリーパーの寅太郎とはいえ留置場の一夜は堪えた。椿荘に戻るとごろんと横になり、ついつい寝入ってしまった。目が覚めると午後五時である。椿荘に戻ったのは十時だったから、寅太郎にしては珍しい長時間睡眠を取ったことになる。

起き上がると大きく伸びをした。腹ペコだ。椿荘の夕食は午後六時半からである。とても待てない。寅太郎は居酒屋島育ちに顔を出した。

午後五時を過ぎたばかりだというのに、既に反対運動の連中が喧々囂々《けんけんごうごう》やっている。カウンターに座り、定食を頼んだ。明日葉の天麩羅とお浸し、それに鮪ぶつに岩海苔である。見るからに食欲をそそられる。生唾を飲み込むと飯を大盛にしてもらった。丼に大盛の飯をよそった板前兼店主の恩田光夫が、

「大変な騒ぎになっていますよ」

と、話しかけてきた。

反対運動の連中は香田の死によって、騒然たる騒動の渦中にいる。これこそは警察の横暴だと息巻いていた。

「どうなるんですかね」

恩田は心配そうだ。

「死んだ学生、反対運動の中心にいたようですね」

寅太郎が聞くと、

「みんなの真ん中にあって、みんなの指導をしていましたよ。デモのやり方とかプラカードの文句とか、香田さんの指導です」

「頼りにされていた男を警察に殺されたと思っているんですね。連中は」

寅太郎の言葉に恩田はうなずいて、

「とっても頼りにされていましたよ」

返したところで、

「香田さんの仇《かたき》を取ろう」

反対運動の連中から声が上がった。

「うるさいな」

顔をしかめ寅太郎は声を上げた。つい、大きな声になってしまった。

すると、

「ああ、刑事だ」

岩丸浩次が寅太郎に気づいた。

六

「ああ、神父さまのことを嗅ぎ回っているデカだよ」

反対運動の連中から声が上がった。

たちまちにして寅太郎は浩次たちに囲まれた。恩田が、

「やめてください」

と、慌てて板場から出て来た。しかし、怒りを増幅させている連中の耳には届かない。

「いけません」

恩田は大きな声を出した。

それでも、連中の目は尖ったままだ。

「警察を呼びますよ」

恩田が言うと、

「あたしが警察官だよ」

寅太郎は立ち上がり、

「外で話し合いましょう。店に迷惑がかかりますからね」

恩田はおどおどとしている。

「わかったよ」

浩次が応じた。

「穏やかにな」

寅太郎は恩田に笑顔を向け、店の外に出た。

連中もぞろぞろと出て来た。

夕闇迫る往来で、

「おい、よくも香田さんを殺したな」

浩次が怒鳴った。

「なんだ、ラウドスピーカーを使わなくても大きな声が出るじゃないですか」

「なにを」

反対運動の連中は色めき立った。

「警察は香田を殺していませんよ」

「殺したのも同然だ。無実の罪を着せて、香田さんを追い詰めたんだ」

浩次は言った。

「違います」

寅太郎は説得しようとしたが、頭に血が昇っている連中には通じない。

「この上、警察は神父さまにも罪をなすりつけて追い詰めるんだろう」

「冤罪は決して起こしません。あくまで公正な捜査を行うだけです」

「何が公正な捜査だ」

浩次は絶叫した。

すでに、怒りが点火した反対運動の連中は止められなくなっている。一人が寅太郎に殴りかかって来た。

寅太郎はさっと腰を落とし、拳を鳩尾《みぞおち》に沈ませた。相手はばたりと道路に倒れた。それを見て、三人が怒りの形相で寅太郎に向かって来る。

寅太郎は冷静である。

少しも動じることなく相手の拳を避け、無駄な動きは一切なく、相手を往来に這わせてゆく。

ブルース・リーのような華麗さはないにしても、腹が目立ってきた割には俊敏な動きで相手を圧倒した。

浩次の目が落ち着かなくなった。それでも意地があるようで、喚きながら寅太郎に殴りかかってきた。

寅太郎はさっと飛び出し、相手の足を引っかけた。浩次は転倒した。

すると、それまで黙っていた連中も黙っていられないとばかりに寅太郎に向かおうとした。

そこで、

「それまでだ」

正蔵がやって来た。

連中はうろたえた。

「さっさと帰れ。おれは機嫌が悪いんだぞ」

正蔵が言うと、

「おまえら、帰った方がいいぞ。こいつは、警察の横暴さを最も体現している男だからな」

寅太郎も言い添え、起き上がろうとしている浩次に駆け寄った。腕を摑んで立とうとするのを助けてやったが、浩次は寅太郎の腕を払い、拒絶した。

「おれは島の刑事じゃない。君たちにとっても役に立てるかもしれん」

寅太郎は浩次の耳元で囁いた。浩次は無言で睨み返し、みなを連れて帰ろうとした。飲食代、明日ちゃんと払えよと寅太郎に言われ、浩次は右手を上げた。

「礼は言わないよ」

寅太郎は正蔵を振り返った。

「そんな必要はないさ。おまえはちっとも腕は鈍っていない」

「褒めてくれてありがとう。おまえ、何をしに来たんだ。あたしの監視か」

「何しにって決まっているだろう。居酒屋にやって来たんだ。酒を飲むんだよ」

正蔵は暖簾《のれん》を潜った。

寅太郎も店に戻る。正蔵はカウンターの端に席を取っていた。寅太郎を無視してハイボールを頼み、

「つまみはフライドポテトとハムエッグだ」

「ここは魚が美味いんだぞ」

反対の端から寅太郎が声をかけた。

「おれはな、魚は嫌いなんだよ」

正蔵は顔を歪めた。

「そうだったな。おまえとはとことん合わないよ」

寅太郎は熱燗《あつかん》を頼んだ。

正蔵はハイボールをぐいっと呷り、

「おまえ、島を離れろ」

「断る」

「女房が心配しているんじゃないのか」

「あたしはね、袴田の無念を晴らしてやりたいんだ」

「無念を晴らすとかなんとか、そんなことじゃないだろう。警察の捜査っていうのは」

正蔵が言った。

「おまえ、まともなことを言うじゃないか。いや、おまえは元来、まともなデカだったな」

寅太郎は自嘲気味な笑みを放った。

「あたりまえだ。これでも準キャリアだぞ。準キャリアとしちゃあ、順調な出世の階段を上っていたんだ」

正蔵は言った。

「言ってやがれ」

寅太郎は酒を飲んだ。

正蔵も飲む。

二人はしばらく無言で酒を飲んだ。

ほどよく酔いが回ったところで、

「おれはな、今回の捜査を外された」

正蔵が言った。

「そうか」

そっけなく寅太郎が返す。

そこに恩田が、

「あの、そろそろ、看板なんですけど」

いかにも遠慮がちに言ってきた。

そうだ、いつもは反対運動の連中が長っ尻で粘っているんだ。今日くらいは早いとこ、店仕舞させてやろう。

「勘定してくれ」

寅太郎が勘定をすませると、正蔵はまだ飲み足りなさそうだ。

「まだ、話は終わってねえぜ」

正蔵は言った。

「よし、飲み直すか」

寅太郎は応じた。

七

二人はそれから二軒、はしごをしてからそれでも飲み足りずついには正蔵の家へとやって来た。

正蔵の家は一人住まいの割には整理整頓が行き届いていた。

「単身赴任か」

寅太郎が聞くと、

「女房は出て行ったよ」

正蔵はどっかと座った。

戸棚からウイスキーを取り出し、グラスを寄越した。

「つまみはいらねえな」

「ああ」

寅太郎はウイスキーをストレートで一口飲んだ。もう、何を飲んでも同じだ。

「出て行ったってどういうことだ」

「離婚したんだよ。おれが、この島に飛ばされたことがきっかけでな」

「そりゃ気の毒にな」

「おめえのせいだぞ」

「あの事、今でも根に持っているようだな」

「当たりまえじゃねえか」

「なら、言ってやるがな、あたしだって、無事にすんだわけじゃない。飛ばされて、今は窓際だ」

「警視庁本部にいるじゃねえか」

「刑事部長付って要するに何もすることがないってことだよ」

寅太郎は品川中央署で起きた裏金プール問題の真相を語った。自分は決して正蔵を貶《おとし》めることはしなかったと熱を込めて語った。

「ふん、どこまでが本当だかわかりゃしねえぜ」

「信じないならそれでいい」

寅太郎は言った。

正蔵はグラスを呷った。

「ところで、おまえ、今回の事件から本当に手を引くのか」

「仕方あるめえ」

「正蔵もすっかり大人しくなったもんだな。島の暮らしに馴染んで、牙を抜かれたか」

「ふん、何とでも言え。おまえだって、調子に乗っていると、警察にいられなくなるぞ」

「天宮は就職先を斡旋《あっせん》してくるよ。今は大人しくしているが、いつ何をやらかすか心配なんだろう。早期退職して第二の人生を歩めってすすめてくるよ」

寅太郎は冷めた口調になった。

「結構じゃないか。警察官だけが人生じゃないぜ」

「正蔵、本気で言っているのか。おまえ、デカ以外の仕事、できるのか。やりたいのか」

「やりたかねえな」

正蔵は肩をそびやかした。

「あたしもさ」

「おれたち、根っからのデカってことか」

「おまえはそうだろう。あたしはわからん。ただ、永年デカをやってきてやっと親父の顔を思い出してきたんだ。あと少しで、はっきりと親父がどんな顔をしていたか思い出すかもしれん。そうなれば、あたしのデカ人生は終わりだ。それまで、狼のように犯罪の臭いを嗅ぎ回り、食らいつくだけだ。群れずに組織からはみ出してな」

寅太郎は正蔵に視線を移した。

ソファーの上で正蔵は鼾をかき始めていた。

寅太郎は立ち去ろうとしたが、ふと、戸棚の上の写真立てを手に取った。息子の写真だ。野球のユニフォームを着て、カメラに向かって微笑んでいる。

「正蔵、おやすみな」

寅太郎は呟いて出て行った。

第五章　盲目の証人

一

翌七日の朝、正蔵は二日酔いで出署した。署長室で胸焼けと戦いながら香田が何故逃亡したのか考えた。

逮捕を逃れたかったには違いない。名目上は脅迫容疑だが、実際は殺しの容疑を追及される。それを逃れるために逃亡したのだ。こんな当たり前のことはないと正蔵は思っている。逃げ切れないと思って自殺したのだろう。

しかし、逃げ切れるものではないとは思わなかったのだろうか。島を出る際の船着き場や空港は当然、警戒されている。島から出て行くことはできない。

島を出て行くことができない以上、島の中を逃げ回っても遠からず見つかるとは考えなかったのだろうか。

逃げたということは何か目的があったはずだと寅太郎は言った。

あいつの言うことなど受け入れなかったが、冷静に考えてみれば、一理ある。

正蔵は生活安全課と交通課、地域課に椿荘からの香田の動きを徹底して追わせた。

岩根島の地図を机の上に広げた。椿荘から天狗岬までの道程を目で追う。

椿荘から天狗岬までは約十キロである。正蔵が椿荘に逮捕に向かったのは十一時十分、香田はそれから天狗岬に向かったとして徒歩なら二時間あまりだろう。

いや、もっと、時間を要したはずだ。

天狗岬に近くなれば道が悪くなるし登り坂があるし、海風も強まる。おそらくは二時間半くらい要しただろう。

ということは三時半には天狗岬に着いたはずだ。まだ暗くない。人目もあるだろう。飛び下りるには早い。

すると、地域課の防犯カメラに香田が映っている画像があることがわかった。

映っている場所はみどり保育園の近くで午後六時頃だそうだ。何処か逃げ回った後に、香田はみどり保育園に向かったのだろうか。みどり保育園は天狗岬とは正反対の方角である。ということは、香田はみどり保育園に寄ってから天狗岬まで行ったことになる。椿荘からみどり保育園までは約二キロ。ということは天狗岬まで十二キロの夜道を歩いたということか。

刑事課の刑事がみどり保育園にも立ち寄った。しかし、香田は来ていないと三田村は応じたそうだ。

三田村は嘘をついたのか。

それとも、警察官が立ち寄ってから香田は三田村の家に行ったのだろうか。

青山に連絡をした。

「はい、青山です」

元気のいい声が返された。

「これから、みどり保育園の三田村園長を訪れる。同行せよ」

「承知しました。直ちに署に戻ります」

青山は返事をしてから十分後に署に帰って来た。

青山の運転でみどり保育園に向かう。

「三田村に会う用件は何ですか」

「香田が立ち寄った可能性がある」

これまでの経緯を語る。

「わかりました。香田が三田村を頼ったとしても不思議ではありませんね」

青山は運転に集中した。

みどり保育園に着いた。

園児たちの遊ぶ声が聞こえる。運動場でお遊戯が行われていた。さすがに、反対運動の連中は保育園の敷地には入っていない。邪魔されることなく正蔵と青山は園長室に向かって行った。

三田村は園長室で二人を迎えた。

青山が挨拶をしてから、正蔵が、

「香田ですが、死にました」

「ええ……」

三田村は絶句した。

次いで、

「どうして死んだのですか」

「天狗岬の岩場で死体となって見つかったのです」

「飛び降りたのですか」

「そのようですな」

「なんて、はやまったことを」

三田村は絶句した。

「はやまったとは、園長は香田が自殺したとお考えなのですか」

正蔵の問いかけに、

「そう思います」

はっきりと三田村は答えてから、

「香田君はここに来たのですよ」

と、付け加えた。

「どうして、言ってくれなかったのですか」

青山が抗議をしたが、

「警察に聞かれた時には来ていなかったのですよ。わたしは、嘘を吐いたわけではないのです」

三田村は不機嫌になった。

「では、立ち寄ってからどうして報せてくれなかったのですか」

青山は言った。

正蔵が満面の笑みを浮かべ、

「すみません。それで、園長、なぜ香田が立ち寄ったことを報せてくれなかったのですか」

改めて正蔵が問いかけた。

「自首するよう促し、香田君はわたしの勧めを聞き入れてくれたと思ったからですよ」

憮然《ぶぜん》として三田村は答えた。

「自首を勧められたこと、詳しくお聞かせください」

三田村はソファーに深く身を沈めた。それから思い出すように視線を巡らせてから、

「昨晩、そう、夜六時頃でしたか。香田君がわたしの自宅にやって来ました。とても、怯えているようでした」

三田村は香田を落ち着かせようとブランデーを与えたそうだ。

「なるほど、ブランデーですか。昔の映画でよく見かけます。気付け薬のブランデーを飲んでおりますな」

「香田君はブランデーを飲み、多少は落ち着いたようです。それを見計らいまして、わたしは香田君の話を聞きました。香田君はいったん釈放されたものの、再び逮捕されると言っておりました。なんでも、本条議員恐喝の容疑だそうですね」

「本条議員へ送った脅迫状から香田の指紋が検出されたのです」

「逮捕は恐喝容疑ということでしたが、彼は殺人の容疑が晴れていない、少なくとも警察は自分を疑っていることを心配していました。そう、香田君は非常に怯えていました。わたしは、無実の罪の者が冤罪となることはない。君がかけられている容疑はあくまで恐喝罪であり、その罪をきちんと償いなさいと諭したのですよ」

三田村の答えに、

「なるほど、香田は園長の説得に従って自首しようとしたのですな。ところが、実際は天狗岬から身を投げたと思われます。どうしてでしょうな」

正蔵は問い返した。

「敢えて申しましょう。香田君を自害に追い込んだのはあなた方警察なのですよ」

三田村は怒りの炎を燃え上がらせた。

正蔵は無言で睨み返す。

「香田君は冤罪を恐れていたのです。そのこと、あなた方はわかっているのですか。前途有望な若者の将来をあなた方は奪ったのです。確かに自害でしょう。ですが、わたしはあなた方警察によって殺されたのだと思います」

三田村の批難を受け、正蔵は軽く首を横に振った。

「園長、わたしは永年警官をやっています。これまでに大勢の被疑者の取調べを行ってまいりました。そのわたしから見て、あの香田という男、かなりのしたたか者です。厳しい取調べにも屈しませんでした。その香田が再び取調べを前にして自害をしたとは思えないのですよ。わざわざ、ここに寄った。匿《かくま》ってもらおうと思ったのかもしれませんが、結局出て行った。自殺を決意したにしましても、ここから天狗岬までは十二キロあります。夜道、十二キロも離れたところを自殺場所に選ぶでしょうか」

「署長、それはどういう意味でしょうかな」

三田村は銀縁眼鏡を外し、眼鏡拭きで丁寧にレンズを拭いた。

「ここで、香田を死に駆り立てた何かがあったのではないでしょうか」

正蔵が言うと青山の目が緊張で引き攣った。

「はっきりおっしゃってください」

三田村も声を震わせた。

「園長、香田に何を言ったんですか」

「ですから、自首を勧めたと言っているではありませんか。まさか、神父たるわたしが自殺を勧めたとでもおっしゃるのですか。神に対する冒瀆《ぼうとく》ですぞ」

血相を変え三田村は言った。

「そうですかな」

正蔵は前のめりになった。

「お引き取りください。これ以上、話すことはありません、非常に不愉快です」

三田村は正蔵と青山が立ち去ることを促すように立ち上がった。

「お引き取りを」

再び強く言った。

「わかりました」

正蔵は青山を促し、腰を上げると園長室から出た。

「署長、まずいですよ」

青山が危惧すると、

「構うものか。三田村って野郎、どうも怪しいな。寅の奴が疑っていたのも無理はねえな」

「向坂さんに賛成ですか」

「賛成ってわけじゃないが、三田村って男、怪しい」

正蔵は言った。

二

署に戻った。

青山に三田村の身辺を探るよう命じてから署長室に戻り、岩根島の地図に見入った。みどり保育園から天狗岬までの道筋を想定してみる。

交通課と地域課に十九時以降の香田の足取りを辿るよう命じた。

ひょっとしたら、香田は本条脅迫のネタを握っていたのではないか。それを三田村は本条を攻撃する材料としようとした。

いや、想像に過ぎんな。

いかん、寅太郎に影響されている。地道にこつこつと事実を積み重ねていかねばならない。

そこに、またしても町長の浦添千代蔵がやって来た。そして、今回は本条義男と一緒である。

「これは、これは議員」

正蔵はソファーを勧めた。二人はソファーに座った。浦添が足を組んだのに対して本条は背筋を伸ばし、丁寧な態度であった。

「反対運動の闘士の学生が、天狗岬から身を投げたそうだな」

浦添が言った。

「その事件で三田村園長を訪ねたところです」

正蔵は言った。

浦添は本条をちらっと見てから、

「そのことなんだがな、あんた、三田村の身辺をこれ以上探らんで欲しいんだ」

と、言った。

「どうしてですか」

心外だとばかりに正蔵は目をむいた。

「いや、それがな。三田村はようやくのこと、土地買収に応じたんだ」

浦添は言った。

「本当ですか」

政治や経済に無関心な正蔵であるが、さすがに驚いてしまった。

「三田村、どうした風の吹き回しですか」

これには浦添ではなく本条が答えた。

「島の発展を考えてくださったのだと思います。もちろん、島の自然は極力保たれるということが見極められたからです。園長としては苦渋の決断であったのでしょうが、よくぞ決断してくださいました」

「苦渋の決断ですか。ですが、反対運動の連中は納得しているのでしょうかな」

「これから説得に当たるでしょう」

「納得しますか」

「園長の言葉にならあの方々は耳を傾けるでしょう」

本条が答えたところで、

「過激なエターナルグリーンが島から出て行ってくれたら、こんなにいいことはない。島の連中を煽っていたのは香田とかいう学生が所属していたエターナルグリーンだからな」

浦添は言った。

本条がうなずいたところで、

「署長、だから、三田村のことを刺激せんでくれよ」

浦添は釘を刺した。

「刺激するつもりはありません。わたしは、事実を明らかにしたいだけですよ。それだけです」

正蔵が言うと、

「それはどういうことだ。三田村の身辺を嗅ぎ回るということか」

浦添は不快感を示した。

「そうです」

「署長、君はな、やがて本土に帰るつもりだから、この島がどうなってもいいと思っているのかもしれんがな、この島にとってパラダイスアイランドは島の未来がかかっているんだ。だから、署長、邪魔はするな」

「邪魔ではありません。捜査ですよ」

「署長……」

浦添は怒りをたぎらせた。本条は冷静な口調で、

「署長、あなたは、いずれ本土に戻り、警視庁管轄下の然るべき警察署で署長をお勤めになるでしょう。その際にこの島での経験はとても役に立つと思いますよ」

「さて、どうでしょうな。わたしは、進退のことは特には考えていませんよ」

正蔵はふんぞり返った。

「署長、とにかくよく考えてくれ。島民の暮らしを守ることが警察の務めだろう」

浦添は本条と共に去って行った。

「ふん」

正蔵は煙草を取り出した。

禁煙なんぞ、構うものか。火をつけ、深く吸い込んで大きく吐いた。紫煙が立ち上る。

そこへ、牧村が入って来た。正蔵は構わず煙草を吸い続ける。

「袴田殺し、進展しましたか」

「いや」

牧村は首を横に振った。

「前田りさ子転落死も怪しいと思います」

「あれは事故だと、岩根島署は断定したじゃないか」

「間違っていました。それから、香田も自殺ではなく殺されたのだと思います」

「おい、おい」

牧村は顔をしかめた。

「三人の死と結びつく人間がただ一人。みどり保育園園長三田村源蔵ですよ」

「気は確かか」

「正気も正気です。捜査本部は三田村を捜査対象にすべきだとわたしは思います」

正蔵は続けた。

「捜査の方針は我々で決める」

不機嫌になって牧村が言った。

「わたしの意見などは聞き入れられないということですか」

「参考にさせてもらう」

平然と牧村は答えた。

「わたしも捜査を行います」

「いや、その必要はない。それより、いい報せですよ」

にこやかに牧村は言った。

「何ですか」

「署長、この島で苦労されておられましたので、近々《きんきん》の内に本土の署長として赴任されるようですよ」

「ほう」

正蔵は生返事をした。

「お疑いですか」

「いや、何でこのわたしがと半信半疑なのですよ」

「ご自分の努力ですよ」

「何の努力もしておりませんよ。あれですか、三田村の捜査から手を引けということですか」

「何もそんなことを考えなくてもよろしいと思いますよ」

牧村のすました顔が憎らしい。

「従わなければどうなるのですか」

「辞令が出ても受けないということですか」

「辞令には従います」

「それが警察官というものですね。そして、捜査というものは組織で行うものです。捜査本部の方針に従うのが当然ですね」

「そういうことですか」

正蔵は煙草を吸った。

牧村はこちらを見ている。反応を確かめようとしているようだ。

「お話が終わったようでしたら、わたしにはお構いなく。お忙しいのでしょう」

開け放ってある出入り口を正蔵は指さした。

「では、失礼します」

牧村は踵を返した。

署長室に一人残るとため息を吐いた。そして無性に腹が立つ。

上は何処を見て捜査をしているんだ。

不満が胸に充満した。

携帯が鳴った。

青山からだった。

「なんだ」

「捜査本部から三田村のことは捜査対象外にしろと命じられました」

青山は困惑している。

「構うことはない。捜査を続けろ」

正蔵は反射的に命じてしまった。

「本当に構わないのですか」

青山に念押しをされ、感情で走るべきではないと思い直した。青山にとばっちりを向けることはない。青山も睨まれてはかわいそうだ。

「いや、やめておけ」

力なく言った。

「ええ、本当にいいんですか。三田村の疑いは晴れたんですか」

「ああ」

「ということは新たに容疑者が現れたのでしょうか」

「いや、よくはわからんが、捜査本部の方針だ」

「方針ですか」

青山は納得していない。

「捜査本部の方針に従って捜査を続けるように」

「わかりました」

青山は当惑気味に電話を切った。

「ちっ」

正蔵はため息をついた。

三

寅太郎はみどり保育園での聞き込みを行った。主任の畑山悦子が一時間くらいならと聞き込みに応じてくれた。午後二時、保育園に戻りやすいよう、近くのファミレスに入り、コーヒーを頼んだ。

悦子はうつむき加減である。

りさ子の死を悼《いた》むに加えて悩み事があるようだ。

「あたしはりさ子さんはお父さんの袴田さん同様に殺されたのだと思っています」

寅太郎の言葉に、

「誰にですか」

悦子は戸惑いと驚きの入り混じった顔で問うてきた。

「まだわかりません。ところで、園長は保育士のみなさんからも慕われているのでしょうね」

三田村に話題を向けると悦子の顔が曇った。

「いかがされましたか」

「いえ、別に」

いかにも何かを隠している態度だ。

「お話し頂けませんか」

悦子は迷う風だったが、意を決したように、

「園長に疑念を抱いたのです」

「どんなことでしょうか」

「園長、反対運動の先頭に立ちながら、船岡商事の土地買収に応じたようなのです」

「それは驚きですね」

「これまで、わたしたち保育士は反対運動にこそ加わってはいませんでしたが、園長が反

対運動に従事するのを支えていました」

保育園の経営は楽ではなく、時に給料の遅配、未払いもあるそうだ。三田村の幼児教育や岩根島の自然を保護する情熱に打たれ、歯を食い縛って頑張っているのだとか。

「それが、わたしたちには何の相談もなく、土地買収に応じるなんて、何を考えていらっしゃるのか」

「土地買収に応じることを、園長は認めたのですか」

「まだ決めてはいないとおっしゃいましたが、代替地を示されたそうです」

代替地を用意され、引き続き保育園の運営は可能だそうだ。

「ところが、そこは通うに大変な土地なのです。大神山の裏手になりまして、登り坂が厳しく、園児にとってもわたしたち保育士にとりましても大変です。園長はバスを用意すると言っていましたが、今でも赤字なのにそんな不便な場所に移ってしまっては園児は減ってしまいます。とてもバスを運行させることなんてできそうにありません」

「三田村さんはみなさんに相談もなく土地買収に応じようというのですか」

「そのようです。もっとも、園長はこれまでも、心の内を明かさない方でしたから」

悦子は困惑の度合いを深めた。

三田村には今回のことに限らず、戸惑うことが多いのだそうだ。

「パラダイスアイランド建設の計画が公開されたのは三年程前のことで、保育園がその予定地に入ることがわかったのは二年ほど前のことです。園長は当初は土地買収に応じるかどうか、はっきりとは申されませんでした。それが、本条議員が建設を推進することを明言すると、義男は岩根島の自然を破壊しようとしていると反対運動を始めたのです」

パラダイスアイランド建設が発表された当初は反対運動に無関心だったのに保育園が建設予定地に入り、建設を進めるのが本条とわかった途端に反対を叫んだ。その豹変ぶりに悦子たちは戸惑ってしまったそうだ。

三田村源蔵、一体何者なのだろうか。

「畑山さん、反対運動の男で岩丸浩次をご存じですか」

「知っていますよ。岩丸君とは小中学校と一緒でしたから」

ついていると寅太郎は思った。

「連絡を取ってくれませんか。あの男、あたしのことを敵視して口も利いてくれそうにないんですよ」

困ったように寅太郎は両手を広げた。

「わかりました」

悦子はスマフォを取り出し、浩次に電話をした。二言、三言話してからスマフォを切る。

「十分くらいで来ます」

悦子は言った。

浩次はきっかり十分後にやって来た。

大股でやって来た浩次はタクシー会社の制服であろう紺のブレザーを着ていた。白いワイシャツに臙脂のネクタイも締めているがだらしなく襟元を緩めていた。普段はタクシーを運転しているのだそうだ。

「今日は肩からラウドスピーカーを提げていないのですか」

寅太郎のからかいを聞き流し、

「なんだ、用って。仕事中だからさ、早くしてくれよ」

浩次は悦子の横に座って問いかけてきた。

「三田村源蔵について聞きたいのです」

「なんだ、あんた、まだ神父さまのことを嗅ぎ回っているのか。おれ、帰る」

悦子を睨み浩次は立ち上がった。

「待ってよ」

悦子が諫める。

「でもよ、こいつは神父さまを陥れようとしているんだぞ。悦子、おまえたちにとっても敵だぞ、こいつは」

「大きな声を出さないで。コーヒーの一杯くらいいいじゃない」

悦子に諭され、浩次は腰を落ち着けたもののそっぽを向いた。

「園長のことを尊敬しているんですね」

寅太郎が言うと、

「あの人は島の自然を守ってくれるんだ」

「ところが、三田村さんは土地買収に応じるそうですよ」

「そんなのデマに決まっているだろう」

「デマじゃないですよ」

「デマに決まっている。神父さまは島の自然を守るんだ。反対運動は実を結んだんだ。パラダイスアイランドは出来ない。そのことは神父さまがおっしゃっていたよ」

「あなた方、園長と香田という学生に煽られたのじゃないのですか」

「煽られたんじゃない。香田君はおれたちのことを助けてくれたんだ。それで、おまえたち警察に殺されたんだ」

浩次の怒りは高まった。

「では、聞きます。香田はどうして自殺したんでしょうね」

「だから、おまえたち警察に冤罪にされそうになって、追い詰められたんだ」

「香田は相当にしたたかな男でしたよ。警察に追われたくらいで自殺したとは思えませんね」

「じゃあ、事故死だろう」

「天狗岬はわざわざ行こうというところじゃないわよ」

すかさず悦子が口を挟んだ。

つまり、夜更けに一人で出かけるようなところではないということだ。香田が一人、わざわざ行くような所ではないと言いたいようだ。

「すると、殺されたっていうのか」

浩次は上目遣いになった。

「殺したのは三田村源蔵だと思いますよ」

寅太郎が言うと悦子は目を見開いた。

「いい加減にしろ」

浩次は目をむいた。

寅太郎は構わず問いかけた。

「香田が死んだ日の夜、つまり一昨日五日の夜、香田は三田村を訪ねています」

「何時頃だ」

「午後七時前後と思われます」

「じゃあ、神父さまは香田を殺していないぞ」

浩次は安堵の表情を浮かべた。

「どうしてですか」

「おれ、七時半頃、何人かで神父さまを訪ねたんだ。神父さまは夜は家に押しかけられるのを嫌がっておられたんだ。でも、おれたち、どうしても祝杯をあげたくなってさ。で、島育ちに行こうと思ったんだけど、あんたがいると思って、避けたんだ」

「ずいぶんと好かれたものですね」

寅太郎は言った。

浩次は苦笑を漏らし、

「ともかく、午後七時半くらいには神父さまの家で酒を飲んでいたんだ。神父さまが香田さんを殺して天狗岬まで運んだのなら、七時半には戻ってこられない」

「三田村も飲んだのですね」

「飲んだよ。神父さまはブランデーが好きなんだ」

「何時まで飲んだのですか」

「う～ん、確か夜中の二時過ぎまでかな」

「あなた方は帰って行ったんですね」

「ああ、そうだ」

「では、園長はあなた方が来る前に香田を殺し、自宅内の何処かに隠しておき、あなた方が帰ってから天狗岬まで運んだ……という可能性はありますね」

「冗談じゃない。とても行けたもんじゃないさ。神父さまは酔いつぶれてたんだから」

保育園から岬までは約十二キロある。徒歩では二時間半以上かかるだろう。それに車なしでは香田の死体を運ぶことはできない。

「芝居じゃなかったのですか。酔った振りをした」

尚も三田村への疑惑を言い立てる寅太郎に浩次は顔を真っ赤にした。

「いい加減にしろ。一体、何の証拠があって神父さまを疑うんだ。いや、疑うどころじゃない。あんたは神父さまを香田殺しの犯人に仕立てようとしているんだ」

「そんなことをして何になる」

寅太郎も表情を険しくした。

「神父さまがパラダイスアイランド建設反対運動のリーダーだからだよ。あんたは反対運動を潰したいんだ」

「前にも言ったよな。あたしは島の刑事じゃない。パラダイスアイランドに賛成も反対もしない」

「なら、どうして証拠もないのに神父さまを疑うんだ」

「臭うからだよ。園長には犯罪者の臭いがぷんぷんとするんだ。だからって、このまま逮捕しようなんて思っちゃいない。必ず、尻尾を摑んでやる。何なら、あたしが疑っていることを園長に言ってもいいぞ。園長が逃げようが、おまえたちが妨害しようが、あたしは必ず三田村源蔵を捕まえる。いいな!」

傲然《ごうぜん》と宣言する寅太郎に浩次は気圧され、目を白黒させていたが、

「神父さまは立派な人だよ」

捨て台詞のように言うと席を立った。

「園長が土地買収に応じたことを確かめてみろ」

寅太郎は浩次の背中に声をかけた。

浩次は返事をすることなく立ち去った。

勢いで三田村が香田殺しの犯人に違いないと言ってしまったが、浩次の証言を信じるなら、三田村にはアリバイがある。

すると、三田村が犯人ではないのだろうか。

いや、そんなはずはない。

あたしの嗅覚に間違いはないはずだ。

すると、共犯者がいたのか……。

寅太郎は考え直すことにした。

その時、

「すみません」

悦子が頭を下げた。

「あなたが悪いのじゃありませんよ」

「向坂さん、気を付けてください。浩次君はかっとなりやすいですから。よく言えば熱血漢なんですけどね」

悦子は危ぶんだ顔になった。

「あたしもね、頭に血が上ると手がつけられない方ですんでね、ま、そうならんように自重しますがね」

寅太郎はがははと笑った。

四

浩次はタクシーを運転し、みどり保育園に向かった。途中、手を上げて乗車を望む者がいたが無視し、それから予約のランプをつけた。

その間、無線が入る。ホテルストーンアイランドまで行ける車を探している。配車係は困っていた。フェリーが着き、船着き場を中心にどの車も出払っていた。そこに携帯が鳴った。着信表示は社長である兄の健一だ。

車を道路わきに止め、電話に出ると、

「浩次、何処でさぼってんだ」

頭から疑いの言葉を投げかけられむっとしたが、

「さぼってないぞ」

「何処だ、今」

「何処って、ええっと、弥生町《やよいちょう》だ」

「やっぱり、おまえか」

健一はつい今しがた手を上げたのに乗車拒否に遭ったという抗議の電話があったと言った。

「ちょっと、見過ごしてしまったんだ。考え事していたから」

「考えごとしながら運転するな。すぐに、ホテルストーンアイランドに行け。そこで、山田《やまだ》さんというお客さんだ」

「いや、おれ、予約がさ」

「ホテルまで近いのはおまえだ。いいな」

浩次の返事を待たず電話は切れた。

「ちぇ」

おれは島全体のことを考えているんだ。兄貴みたいに会社のことしか考えていない小人物じゃねえ。

内心で毒づきながら車をホテルストーンアイランドに向けスタートさせた。ホテルの裏口を指定された。まったく、こそこそとタクシーを利用しやがって。むっとしながら車を裏手に回した。

男が一人立っていた。

黒いサングラスをかけマスクをしている。いかにも怪しげな男である。男は軽く右手を上げた。

側に停車し、

「山田さんですか」

どうせ、偽名だろうと思いながら問いかける。

山田は軽くうなずくと後部座席に乗り込んだ。

「どちらへ」

「岩根八幡《はちまん》へ」

マスク越しのくぐもった声で返事がされた。岩根八幡は大神山の麓《ふもと》にある神社で桜の名所として知られ、春には花見の客で賑わうが初秋のこの時期、特に見るべきものはなく、参拝者も少ない。ホテルに泊まっているということは観光客なのだろうが、わざわざ観光に訪れるスポットではあるまい。

だが、八幡神社からみどり保育園は近い。客を落としてから保育園に向かおう。

「お客さん、観光ですか」

愛想よく問いかける。

「まあ」

山田はいかにも話しかけられるのが迷惑そうだ。バックミラー越しに山田の面相を確認したが、帽子、サングラス、マスクとあって面相はわからない。まさか、売上を奪われはしないだろうが何とも不気味な男である。

八幡神社まではおよそ、三キロ、鳥居の前に着けた。

「着きました」

メーターは千二百円であった。

山田は千五百円を渡してきた。

「少々、お待ちください」

浩次は三百円をレシートの上に乗せて渡そうとしたが、

「お釣りはいいよ」

と、言うや山田はタクシーを降りた。

「ありがとうございます」

どんな客であれ、金額であれ、釣りはいらないと言われて喜ばない運転手はいない。

機嫌がよくなって釣りを仕舞おうと思ったところで、

「あれ……」

あの声、良く通る、力のある声だった。

よく、聞く声……。

そうだ。本条義男、本条義男に間違いない。

本条が八幡神社に参拝とは、別におかしくはないが、顔を隠して向かうというのが気にかかる。マスコミや反対運動の者の目が気になるのなら、事務所の者たちと公用車で参拝すればいいだろう。一人、こそこそと向かったというところがいかにも怪しい。

浩次は車を降りるとそっと後をつけることにした。

鳥居を潜り、石畳を歩く。両側には狛犬《こまいぬ》を見ながら拝殿へと向かった。ところが、本条は拝殿の脇を通り過ぎてしまった。

「なんだ」

神社に参拝するのではないのか。

浩次は本条の後をついて行った。本条は神社の裏手を抜けて一本道を足早に進んで行く。その先にはみどり保育園がある。しかも三田村の自宅の裏手に突き当たるのだ。

本条は三田村に会いに行くのだろうか。

果たして、本条は三田村の家へと入って行った。

「本条、何をしに」

三田村の家に行き確かめたかったが、さすがにできない。

浩次は本条が三田村の家に入って行ったのを見送った。


三田村は本条を迎えた。

「ご苦労だったな」

三田村は本条を労《ねぎら》った。

「まあ、何とか、警察の目はそらすことができるでしょう」

本条は言った。

「ところが、厄介なのがこの間も言った向坂という男だ。あいつ、性懲りもなくわたしの周囲を嗅ぎ回っている。保育士にまで聞き回っているようだ」

「園長から向坂のことを聞きまして、義父《ちち》にお願いしておきました」

「本条先生、何とおっしゃっておられた」

「もちろん、こちらの要望を聞いてくださいました。任せろと力強く請け負ってくださいました」

本条の義父《ぎふ》剛蔵は警察庁長官まで務めた警察官僚だった。地盤を義男に譲って政界を引退しているが、未だ警察には大きな人脈を持っている。義父に向坂寅太郎という男が、捜査権限もないのに、うろうろとしていることを警視庁に抗議してくれるよう要請した。

「向坂だって、警察官であるからには上司の命令には逆らえないでしょう」

本条が言うと、

「そうであればいいが、あの男、変わり者というか、はみ出し者のような気がする」

三田村は不安が去らない様子である。

「大丈夫ですよ」

「ま、あの男だって、いつまでもこの島にいるわけにはいかないだろうしな」

「そのとおりです。それよりも、園長、これに署名と捺印をください」

本条は鞄から書類を一式取り出した。

「わかった」

三田村の目が輝く。

「長かったですね」

感慨深そうに本条は言った。

「まったくだよ」

三田村は書類に目を通した。

目を凝らしてから万年筆で名前を書き、実印を押す。

「園長が持つ分と業者が持つ分と二通お願いします」

「わかった。それにしても、義男がこんな書類まで持って来るとはな」

「滝野が逮捕されましたからね。船岡商事も専務の橋爪が逮捕されたばかりで、慎重なんですよ」

「汚職が発覚と騒がれているからな」

三田村はにんまりとした。

「これで、大丈夫ですよ。あとは、吉報を待ってください」

「待ち遠しいな」

三田村は言ったが、

「それくらいがよい冷却期間になると思いますよ」

本条の言葉に、

「そうだな。日本人は熱しやすく冷めやすい。この島の住人はその典型だ。もともとは自然環境だのにさして関心なんかなかった者ばっかりだ。それをわたしと環境団体が煽って大きな騒ぎにした」

「冷めれば、テーマパークとしてのパラダイスアイランドに関心が向かいますよ」

本条は確信に満ちた物言いをした。

「違いない。それに、島の将来を考えれば、この計画が最もためになるんだ。そのことをわからないはずはない」

「園長は島の恩人として名を残しますよ」

「義男だって大いに名を上げるさ。大臣の椅子も近いぞ」

「それはどうでしょうかね」

「そうだ、これを見つけたぞ」

三田村は戸棚から画集を取り出して本条の前に置いた。

五

それは、幼い本条が描いた絵であった。クレヨンで描かれた絵は三田村に手を引かれた本条ともう一人、女が描かれている。

「佳世子さんも今の義男を見たら、それは喜ぶだろう」

三田村は言った。

「母は喜ぶでしょうかね」

本条は呟くように返した。

「喜ぶに決まっているだろう」

三田村は奇異な目を向けてきた。

本条は乾いた声で、

「そういえば、今日は母の祥月《しょうつき》命日ですよ。おっと、カトリック教徒の園長には命日と聞いてもぴんときませんかね」

「そんなことはないよ。信仰は信仰、日本の風習は尊重している。そうか、佳世子さんの命日か。佳世子さん、亡くなられて十年か」

「十二年ですよ」

強い口調で訂正した。

「花を手向《たむ》けよう」

裏手にある墓に薔薇《ばら》を供えようと三田村は言った。

そこで、本条のスマフォが鳴った。

「はい、義男でございます」

本条は極めて丁寧に挨拶をした。やり取りは先方からの一方的なもので、本条は時折、「承知しました」と「ありがとうございます」しか差し挟むことはなかった。短い電話は終わり、スマフォを胸のポケットに仕舞う。

「本条剛蔵か」

三田村に言われ、

「義父は警視総監に電話を入れ、向坂のことを頼んだそうです」

「警視総監に頼むとは、あいつ、そんなに大物なのか」

三田村は苦笑を漏らした。

「難しい男のようですよ。組織から外れたというか、一匹狼というか、何処にもいるでしょう。意地とプライドを履き違えている連中が。でも、大丈夫ですよ。いくらなんでも警視総監には逆らえないでしょうからね」

「警視総監が直々に電話を入れるのか」

「まさか、それはないでしょう。あいつの上司の刑事部長から電話を入れさせるそうですよ。刑事部長も中々の切れ者だそうです」

「わかった。これで一安心だ」

三田村は契約書類を再び眺めやった。

「それから、反対運動の連中を説得しなければなりません」

現実に呼び戻すかのように本条は言った。三田村は表情を引き締め、

「保育士たちには、土地の買収に応じたことは話したんだ」

「どうして、そんなことを言ったんですか。まだ、早いでしょう」

「それがな、彼女らにしても、このところ、給料の未払いが続いたんだ。それでな、反対運動も一段落したところで、未払い分の給料を求められたというわけだ。もちろん、単に土地買収に応じたというわけではなく、代替地も用意され、新しい建物と新しい環境で保育園を営めば給料も月々きちんと支払えると説得したんだ」

「それで、納得すればいいのですがね」

「大丈夫だ」

答えたものの三田村も不安そうだ。

「園長、裏切り者扱いをされるかもしれませんよ。ユダのように」

「わたしはユダではない」

「反対運動の連中から見れば、島の自然を観光業者に売ったユダとみなされるのではないですか」

「馬鹿な」

否定したものの、三田村はうろたえた。

「園長、ユダになりたくなかったら、うまい言い訳を考えなさい」

「言い訳というか、島の振興というしかあるまい。実際、反対運動の連中は熱が冷めると
おまえも言っていたじゃないか」

「冷めるでしょう。ですが、園長が裏切り者の汚名を着るのはよくないでしょう」

「じゃあ、どうすればいいんだ」

苛立たし気に三田村は唇を噛んだ。

対照的に本条は冷静さを保ち、

「みなを集めて大演説をぶつのですよ。教会で」

「教会で……。演説をするのか。そんなことをしたら、批難轟々だ。わたしは殴られるか

もしれん。いや、殴られるならまだしも、激情に駆られた連中に殺されるかもしれんぞ」

「まさか、殺されはしませんよ。それに、反対運動の連中の多くはみどり保育園に通っていたんです。カトリック教徒もいますよ。カトリック教徒が教会内で暴動を起こすことはありません」

「そんなことわかるものか。血の気の多い連中が多いからな」

「かりにですよ、暴動までは起こさずとも批難、怒声、暴言を浴びせられるかもしれません。ですが、それでガス抜きになるものですよ」

「ガス抜きか……。果たしてそううまくいくか」

「いずれ、あなたが船岡商事の買収に応じたことは明らかになるし、明らかにせねばならないのです。マスコミ情報や噂で彼らに伝わるより、あなたの方から彼らに伝えることが肝心です。当然、あなたは悪者扱いを受ける。でも、これで警察はあなたの身辺を警戒するようになるでしょう」

得々と説得に当たる本条に三田村は心を動かされたようだ。

「なるほど、義男の言う通りかもしれん。この土地が売れたら、岩根島から出て行く。それまでの辛抱だ」

三田村は開き直った。

「園長、岩根島を愛しているんじゃないのですか」

本条は戸惑いを示した。

意外な顔つきで三田村は本条を見返し、

「愛してたこともあったが、いい加減、鬱陶《うっとう》しく感じるようになった。狭い島の人間関係をな。島にいたんじゃ、いつも人目がある。わたしは生涯を清廉潔白な聖職者で送らねばならんのだ。息が詰まるよ。おまえは島から出て行ったからいいがな」

「ですが、わたしは岩根島に愛着を持っていますよ」

「そうか。それはうれしいな。島を代表してお礼を言うよ、本条義男議員。で、教会で何を話せばいいんだ」

さばさばとした様子で三田村は問いかけた。

「これです」

本条はＡ４判五枚の文書を差し出した。

最初の文字に三田村は瞠目《どうもく》した。銀縁眼鏡を外し、両目を文書に近づける。

「わたしは万死に値する所業を致しました。島民のみな様を裏切ったのです……。おい、おい、どういうことだ。こんなことを言ったら怒りを買うだけじゃないか」

三田村は言葉を上ずらせた。

「申しましたでしょう。まず、彼らの怒りを吐き出させるのですよ。怒りを浴び、それからが勝負です」

本条は二枚目のペーパーを見せた。

そこには、何故、私がみなを裏切ったのかが語られていた。島の自然を守りつつも、島のためになるのなら、この身を捧げる。その覚悟があるのだと。

「いいですか。いつものように神の話を語り聞かせるように静かに、どんなに野次られようと批難の言葉をあびせかけられようと淡々と語るのです。そうすれば、やがて怒りの声は収まり、園長の言葉に耳を傾ける者が出てきます。うまくいけば、みな、感動に打ち震えるでしょう」

「それはないがな」

「やるしかありませんよ」

「それはそうだな」

仕方ないと三田村は受け入れた。

「では、この原稿をよくお読みになってスピーチの練習をしておいてくださいよ」

「よかろう」

三田村はうなずいた。

「では、わたしはそろそろ」

本条は立ち上がった。

三田村は原稿を読み上げていた。

本条は冷めた目で一瞥をくれると応接室を去った。

本条が三田村の家から出て来た。それを見定めた浩次は我慢ができなくなり、三田村の家に向かった。


三田村は原稿を読んでいた。

すると、インターフォンが鳴り、浩次の来訪が告げられた。うっとうしい奴だが、単純で利用のし甲斐のある男である。

浩次は応接間に入るなり、

「神父さま、今、出て行ったの本条義男ですね」

いきなり言われて三田村はどきりとしたがうろたえることなく、

「そうだよ」

悠然とソファーに身体を沈めた。

「どうして、本条なんかと」

「義男はこの保育園出身だし、高校を出るまでうちに居たんだからね。立場の違いはあっても、付き合いはある。それにね、今日は義男の母佳世子さんのご命日なんだ」

本条に指摘されるまですっかり忘れていたが、丁度いい言い訳になったものだ。

「そうだったんですか」

さすがに浩次が複雑な表情を浮かべた。

「ところで、反対運動が落ち着いたところで、みなに話があるのだ。今度の日曜日、教会にみんなを集めてくれないか」

「わかりました。どんなお話ですか」

「ユダについてだよ」

三田村が言うと、

「ユダ……、って何です」

浩次は首を傾げたが、

「その時になればわかるよ」

三田村は優しく言った。

六

ファミレスで悦子と別れてから寅太郎は本条義男の母親の墓があるという墓地へとやって来た。

そこにスマフォに天宮から電話がかかった。

「はい、向坂です」

畏まって電話に出る。

「寅さん、ご活躍のようですね」

一声からして天宮が困っている様子が窺えた。

「どうしたんだい。休暇中の部下に電話するほど刑事部長殿はお暇ではないだろう」

寅太郎は言った。

「無駄とは思いますが」

天宮は強く前置きをしてから、

「総監から、休暇中の刑事が捜査権限もない管轄内で勝手に捜査をしているとは何事だと」

「へえ、そうか。そら、ろくな刑事じゃないな。でも、総監の耳に入れたのは誰だ」

「本条剛蔵らしいですよ」

「本条剛蔵といやあ、本条義男の義父じゃないか。あたしが嗅ぎ回っているのは三田村源蔵って男だ。しかも三田村と本条は敵対しているんだぞ。敵を利するような行動を本条がとるのはどうも解せないな」

「なるほど。わたしの所に上がっている報告でも、本条と三田村は島のテーマパーク建設を巡って対立しているということでした」

「臭うな」

「これは、手を引かせるどころか、かえって寅さんを煽ってしまったようですね」

天宮は笑った。

「ということなら、引き続き、休暇を満喫するぞ」

「存分にとは申しませんが、まあ、楽しんでください」

天宮は電話を切った。

天宮のことだ。警視総監にはきっとうまく報告をするだろう。

寅太郎はスマフォを尻のポケットに仕舞うと墓地に入って行った。

すると、本条が墓の前で額《ぬか》ずいている。薔薇の花を供え、両手を組んで祈りを捧げていた。おそらくは母親の墓なのだろう。本条は母の冥福を祈ってから静かに立ち去った。

本条をいなしてから寅太郎は母親の墓に立った。墓碑銘には〈佳世子、1970〜2003〉とあった。しばらく見入っていると背後から足音が近づいて来た。振り返ると三田村である。

三田村は表情を消し、

「まだ、島においででしたか」

「いい島ですな。海はエメラルドグリーン、空気はうまい。まさに楽園ですよ」

「いつ、お帰りになるのですか」

露骨に嫌な顔をした。

「狙った獲物を釣り上げるまでは、帰ることができません」

寅太郎は真顔で言い返した。

「何を狙っておられるのですか」

「メダイのでかいのですな。大物を釣り上げないことにはね」

寅太郎は両手を広げた。

三田村は墓に視線を向けた。

「本条義男の母上の墓です」

三田村は言った。

「本条議員が薔薇を手向けられたのを見かけました」

寅太郎が言うと三田村はうなずき、

「今日は佳世子さんのご命日なのですよ」

と、言ってから佳世子のことを語り出した。

「とてもお優しい、そしてお美しい方でした。ただ、大変に不幸せでしてね」

佳世子は岩根島で生まれ育ち、ミス岩根島に選ばれるほどの美貌だった。岩根島の男と結婚し、義男を産んだのだが、夫は酒乱、ひどいＤＶをふるった。たまりかねた佳世子は義男を連れて教会に逃げて来た。

三田村は佳世子と義男を匿った。三田村は佳世子と義男のために、夫と交渉し離婚に応じさせた。感謝した佳世子は保育園と教会を手伝うようになった。佳世子と義男は三田村の家の離れに住まわせていた。義男が利発であったので三田村は目をかけ、大学進学の援助をしたのだった。

「佳世子さん、本当に苦労された。その甲斐あって、義男は立派になって島に帰って来た」

「ですが、園長とは対立し、恩知らず呼ばわりをされていますね」

「そういう立場にはなりましたが、それは人生というものです」

三田村は佳世子の墓に祈りを捧げた。

寅太郎も手を合わせようと思ったが、キリスト教式の祈り方を知らないため心の中で冥福を祈るに留めた。

墓地を離れるともう一度、りさ子のマンションに自転車で乗り着けた。午後四時を過ぎ、曇天ながら薄日が差している。

岩根島署はりさ子は事故死として扱っているから近所への聞き込みなどはしていない。彼らを責められない。寅太郎もマンションの住人、二人にしか話を聞いていないのだ。

現場百遍は捜査の基本だと改めて自分に叩き込む。三田村源蔵の、聖職者の顔の下にある邪悪な素顔を暴き出してやる。

悪党は臭いを残す。

その臭いを嗅ぎ取ってやる。

マンションの前に立って見上げる。どんより曇った空のせいか、りさ子の無念を思うせいかホワイトハウスという名称とは違った灰色に見える。視線を右に転ずれば大神山の頂《いただき》は雲に覆われ、頬にまつわりつく湿った空気と相まって閉鎖的な島の圧迫感がした。

りさ子の亡骸《なきがら》が横たわっていた道路はきれいに清掃され、痕跡は消し去られている。それでも、亡骸の位置は寅太郎の脳裏にはっきりと刻まれていた。

寅太郎は両手を合わせりさ子の冥福を祈ってから聞き込みを始めた。

マンションの向かいは一面、畑になっているが両側には民家が建ち並んでいた。住人の話を聞こうとインターフォンを鳴らすが、ほとんどが不在である。在宅中の者も、りさ子が転落死した前後は不在であったり、居ても外には出ていなかった。不審人物の目撃情報は得られない。

近所の居住者のみならず道行く者に片っ端から声をかけるが、成果は得られない。黄色いトラックスーツ姿の冴えないおじさんを避ける向きもあるが、身分証を提示しながら満面の笑みで問いかけると、二十七歳の若さで散ったりさ子への同情から聞き込みに協力してくれる者も現れた。中には事故ではなかったのかと不審がる者もいた。

それでも、有力な証言は得られない。

一時間近く経過して、一休みしようとしたところで大きな犬に遭遇した。てっきり吠えられると身構えたが犬は大人しい。安堵と怪訝な思いで見返すと、中年の男が犬を連れている。真っ黒なサングラスをかけ、手にステッキを持っていた。

盲人のようだ。

なるほど、盲導犬ならば吠えることはない。

「失礼しました」

寅太郎は詫びた。

「いや、どういたしまして」

盲人は挨拶をしてくれた。

「ご近所にお住まいですか」

「ええ、ホワイトハウスの隣です」

盲人は帰宅するところだった。

お気をつけてと声を掛けようとしたところで、ふと立ち止まった。

盲人は嗅覚、聴覚が発達している。犬の嗅覚は人間の何百倍だ。

ひょっとして悪党の臭いを嗅ぎ取っていたのではないか。寅太郎の直感、嗅覚が反応した。

「ちょっと、お尋ねしたいのですが、わたしは警察の者です」

寅太郎は丁寧な口調で自己紹介をし、転落死をした前田りさ子の事件について聞き込みをしていることを語った。

「お気の毒でしたね」

盲人は野村弘明《のむらひろあき》と名乗った。

横で盲導犬がちょこんと座り、ご主人さまの用件が終わるのを待っている。

「りさ子さんが亡くなられた時、何か不審な点はありませんでしたか」

「不審かどうかはわかりませんが、ジャックが、ああ、この犬ですが、ジャックが吠えたんです」

吠えることのない盲導犬が吠えたとなると、よほどのことがあったに違いない。野村に危害が及ぼうとしていたのではないか。

「その直後です。あなたのように、ごめんなさいという男性の詫びる声が聞こえました」

「間違いないですか」

「マンションの方から男性が飛び出して来て、わたしにぶつかろうとしていたんだと思います。それからしばらくしてサイレンが鳴り、人が道ばたに転落したと知りました」

「ジャックは野村さんを危機に陥れる者に吠えかかったというわけですな。ところで、その声、もう一度聞いたらおわかりになりますか」

「わかると思うのですが、その男性と前田さんの転落死、何か関係があるのですか」

野村の声が曇った。

ご主人さまの異変に気づいたジャックが野村を見上げた。寅太郎は大丈夫だというように笑顔で見返す。

「果たして事故死であったのかどうか、捜査をし直しているのです」

「事故死でないとすると殺人ということですか」

問いかけてから野村はあの朗《ほが》らかな前田さんが自殺するとは思えませんから、と言い添え、

「前田さん、とってもお優しい女性でね、会うと声をかけてくれ、いつも不自由なことはないかと聞いてくれました。前田さんのためになることでしたら、ご協力します」

「ありがとうございます」

寅太郎は野村の家の所在を聞き、後刻訪問する約束を取り付けた。

その後も聞き込みを続けたが、野村以上の証言は得られなかった。

三田村に電話を入れる。三田村は電話に出た。録音スイッチを入れる。

「園長、メダイの釣れるポイント、何処でしたかね」

寅太郎が聞く。

「みどりケ岩ですよ」

「ええっ、みどり何ですって」

「みどりヶ岩です。天狗岬の北ですよ」

三田村の声に苛立ちが滲んでいた。

「わかりました。ありがとうございます」

「どういたしまして」

三田村が電話を切ったところでスマフォの録音を確かめた。

これでよしだ。

寅太郎は野村を訪ね、三田村の声を聞かせた。野村は三田村の声で間違いないと証言した。


早速、三田村の家を訪ねた。

午後六時近く、薄暮に包まれ玄関に灯りが灯されていた。インターフォンを鳴らすと程なくして三田村がドアを開けた。

「すみませんな」

寅太郎は言葉とは裏腹な、大して申し訳なさを感じさせない厚かましい態度で応接室に入った。天井から吊るされたシャンデリアに電気が灯り、三田村の銀縁眼鏡がきらりとした輝きを放った。

「何ですか。わたしは、決して気性は荒くはないし、捜査には協力するつもりですが、こう何度も押しかけられては閉口します。それに、向坂さんは休暇中なのでしょう。おまけに岩根島とは無関係な刑事さんだ。捜査をしていいのですか」

三田村は目を三角にして抗議をしてきた。

「まあ、そう、おっしゃらず」

寅太郎は構わずに言った。

「困った人だ。これ以上、何を聞かれましてもお答えできることなどないと存じますよ」

憮然と三田村は言った。

「いえね、前田りさ子さんがお亡くなりになった時、園長はどちらにいらっしゃいましたか」

「申し上げましたように、ここにいましたよ」

「一歩も外に出ませんでしたか」

「一歩もとは申せませんな。園内を見回ったりはしましたからね」

「おかしいですね。前田りさ子さんが住む、マンションの近くというより、真ん前であなたと出くわした方がおられるのですよ」

寅太郎は言った。

「まさか」

三田村の目がしばたたかれた。

「犬に吠えかけられたでしょう」

寅太郎が言うと、

「あれは目が不自由な方じゃないか」

三田村は思わずといったように声を上げた。

「おや、どうして目が見えない方だとわかるのですか」

寅太郎は大きく首を捻った。

三田村は苛立たし気に、

「向坂さん、そんなことで得意がっておっしゃっても駄目ですよ。わたしは、前田先生からその方のことは聞いたことがあるのですからね」

どうだと言わんばかりに右手をひらひらと振った。

「ともかく、会って頂けませんか」

寅太郎の申し出を、

「たとえ、その方がわたしと遭遇したと証言しましても、わたしが否定すれば、何の意味もないですよ」

三田村は余裕たっぷりに言った。

第六章　さらば岩根島

一

捜査に進展がないまま十一日、日曜の朝を迎えた。

寅太郎も教会にやって来た。ステンドグラスの天窓の下に十字架にかけられたイエス・キリストの木像が飾られている。それを眺めているとクリスチャンではないが、厳かな気分に浸った。

並べられた長椅子に浩次以下、反対運動の連中や保育士、東京都庁岩根島支所の職員が座っている。寅太郎も一番後ろの席で座っていた。

三田村が教壇の前に立った。黒いスータンに身を包んだ厳かな表情でみなを見回す。最前列に陣取った浩次は一言も聞き漏らすまいと身を乗り出している。

三田村の顔は苦悩で眉間に深い皺が刻まれていた。

顔を上げ、

「わたしは万死に値する所業を致しました」

静かだが朗々と響き渡る声が教会内に通った。

静かなざわめきが広がっていく。

続いて、

「みなさんを裏切ってしまったのです」

三田村は右手で十字を切った。

するとしんと静まった席から、

「やっぱり、土地買収に応じたのか」

「結局、推進派に寝返ったんじゃないか」

抗議の声が飛んだ。たちまちにして教会内に怒号の嵐が吹き荒れた。予想以上の激しさに三田村はたじろいだ。

「みなさん、聞いてください」

目を白黒させて宥めにかかったが、とてものこと納まるものではない。

「聞いてください」

大きな声で制したものの、かえって怒りの声は大きくなる一方だ。

「みんな、話を聞こうじゃないか」

浩次が立ち上がってみなを宥めたが、

「おまえも裏切り者か」

「いくらもらったんだ」

強烈な批難を浴びせられる始末だ。

教会内は収拾がつかなくなった。

混乱の中、三田村は去って行った。

「逃げるか」

誰言うともなく罵声が浴びせられる。三田村は教会から飛び出し、家に行こうとしたが、教会にいた連中が追いかけて来ると危惧されたため、家には向かわず何処へともなく逃げ去った。


教会を出て寅太郎が椿荘に戻ると政五郎はロビーでコップ酒を飲んでいた。

「反対運動、妙な方向に向かっていますね」

寅太郎が語りかけると、

「園長、とんだ食わせ者だったたって、悪評ふんぷんだ」

政五郎は苦い顔でコップ酒を呷った。

三田村の評判は一瞬にして地に落ちたようだ。そもそも反対運動のリーダーになったのも、実は船岡商事から裏金をもらい、反対運動を押さえ込むためだったという噂も立っているそうだ。

「三田村、最初からそれを狙っていたのかな」

「そうだろうよ。まあ、おれは、怪しいとは思っていたがな」

政五郎は言った。


昼になり、寅太郎は居酒屋島育ちにやって来た。島寿司と岩海苔の味噌汁を頼んだところで座敷にいた浩次がやって来た。日曜日だからか、昼間だというのに飲んでいる。瓶ビールを手に寅太郎の酌をしてきた。

「ちょっと、一緒に飲んでいいか」

浩次は寅太郎の隣に座った。

「あたしは今日は飲まない。ウーロン茶で付き合うよ」

寅太郎はジョッキに入ったウーロン茶を掲げた。ファミレスで会って以来、浩次にはざっくばらんな口調で話すようにした。浩次も不快がる素振りを見せず手酌でコップにビールを注ぎ、

「いや、どうも、神父さまには参ったよ。おれたち目が曇っていたということだ。おれは、神父さまを信じて頑張ってきたんだ。それがよ。ま、騙されたおれたちが悪いんだ。

あんとき気づいていればな」

　みどり保育園近くのファミレスで寅太郎と話をしてから、浩次は仕事に戻った。ホテルストーンアイランドから八幡神社まで本条を乗せた。本条は八幡神社で降りてから、三田村の家まで歩いて行ったそうだ。

「あの日は本条のおふくろさんの命日ってことで本条は園長を訪ねたそうなんだが、それだけじゃなかったんだろう。きっと、本条と園長は手を組んでいたんだよ。あんた、神父さまが香田さんを殺したって言ってたけど、あれも本当のように思えてきたよ」

　浩次は無念そうに唇を噛んでから、思い直したように、「さすがにそれはねえか」と呟いた。

「香田殺しまでは犯していないと思っているのか」

「だって、神父だぞ」

　答えた浩次の声音は弱々しい。それから寅太郎に向き直り、

「向坂さん、島から帰らないのかよ」

　さすがに三田村が殺人犯だとは受け入れ難いのだろう。剣呑な目となっている。

「大物を釣り上げていないからな。みどりヶ岩はメダイが釣れるそうだな」

「よく知っているな。あそこは島の者しか知らない隠れポイントなんだ」

「園長が教えてくれたよ。ともかく、あたしは大物を釣るまでは帰る気はない」

「その大物って、神父さまのことかよ」

寅太郎は浩次の目を見据え、

「そうだよ」

はっきりと答えた。

寅太郎の視線から逃れるように浩次はぐいとコップを飲み干した。


午後七時、本条は三田村を訪問していた。

応接間で三田村はブランデーをがぶ飲みしている。

本条に酔眼を向けてきて、

「義男、失敗じゃないか」

いかにもおまえのせいだと言わんばかりに怒声を浴びせた。動ずることなく、

「失敗ではありませんよ」

本条はソファーにどっかと座った。手に提げていたビニールの包みをテーブルに置いた。

「ブランデーには合わないかもしれませんが、島寿司を土産《みやげ》に持って来ましたよ」

本条がビニールの包みから寿司折りを取り出したのを無視し、

「わたしはすっかり悪者だ。裏切り者の汚名を着せられた。最早、誰もわたしの言うこと

なんかに耳を傾けないよ。まったく、とんだことになったものだ。おまえの策に乗ったのが裏目に出たんだ」

「弱気は禁物ですよ」

「弱気じゃない。わたしは追い詰められたのだ。おまえのせいでな。いっそ、おまえとのことも全部ぶちまけてやろうか」

とても聖職者とは思えない乱暴な口調で喚き立てる。

「自暴自棄になってはいけませんよ」

「わたしとおまえは一蓮托生だと言ったはずだぞ」

「そうです。忘れていませんよ。ですから、園長にはしっかりして頂かないと困るのです。何もかもぶちまけてやるだなんて、そんなことをしたらわたしも破滅だが、あなたはご自分が殺人者であることを告白することになるのですよ。神に仕える聖職者がおのれの欲望のために人を殺したとあっては、喜ぶのはマスコミだけです。それよりも、たとえどのような批難を受けようが、五億円を手にされた方がよろしいのではありませんか」

本条は目を凝らした。

三田村はむっつりと黙り込んだ。

「いかがですか、園長」

本条は迫る。

ブランデーグラスをテーブルに置き、

「そうだな」

自分を納得させるように三田村は何度もうなずいた。

「少し、日にちを置いて、もう一度、みんなに語りかけるのですよ」

本条の言葉を受けて、

「もう一度やっても、みな、聞いてはくれない。わたしの名前は地に落ちたのだからな」

「地に落ちたということは、これ以上の落ち込みはないわけです。ですから、ここは踏ん張りどころですよ。たとえ、聞き入れてもらえなくてもいいのですよ。大事なことは逃げてはいないということを示すことです。辛抱強く、土地買収に応じたのは、島の発展に寄与するためだということを切々と訴えるのですよ」

「そうかな」

唇を噛み、三田村は答えた。

「園長、練習をしましょう」

「練習だと」

三田村は苦笑を漏らす。

「わたしはこれでも政治家です。講演、演説、数限りなくやってまいりました。時にスピーチの指導を受けたりもします。特に謝罪の際には前以《まえもっ》てスピーチライターが用意した原稿をスピーチ指導の人間と綿密に打ち合わせ、何度も練習するのです」

「まるで役者だな」

三田村はまた苦笑を漏らした。

「役者ですよ。政治家はね。有権者、国民の前でいい芝居ができる者がのし上がってゆく」

「わたしはおまえのように雄弁ではない」

「だからいいんです。轟々たる批難を受けた者が雄弁に弁明をしたのでは、かえって反発を買います。神父として日曜の教会で神の話をするように、朴訥《ぼくとつ》にやや小さな声で語り聞かせるのです」

「それでうまくいくかどうか不安だが、やってみるしかないか……」

三田村が受け入れたところで、

「このまえの原稿ありますか」

「いや、捨ててしまったな」

「念のためにわたしは持参しましたよ」

「用意がいいな」

「園長に挫《くじ》けられてはいけませんからね」

本条は先日手渡した文章を鞄から出した。それを三田村が見る。

「わたしは万死に値する、か」

薄笑いを浮かべて言った。

「真面目にやってください」

本条が注意をすると、三田村は背筋を伸ばし、スピーチ原稿を読み始めた。元々、説話は得意であるため、三田村のスピーチは堂に入ったものになっていった。

「いけません。言ったじゃありませんか、雄弁になってはならないと」

本条に言われ三田村はうなずき声の調子を落とした。真摯《しんし》な目つきとなり、ややうつむき加減に所々つかえながら原稿を読み上げる。

本条は冷笑を顔に貼り付かせ、机上のパソコンを起《た》ち上げた。三田村がスピーチの練習をしている間、新たな文章を作成し始める。

二

それより前、寅太郎は島育ちで食事を終えて立ち上がった。

「おや、今日はお飲みにならないんですか」

恩田が聞いてきた。

「ああ、島寿司で腹が膨れましたよ。いやあ、美味かったです。やっぱり、辛子が胆《きも》ですね」

寅太郎は礼を言うと島育ちを出た。

その足で岩根島警察署に向かって自転車を漕ぎ始めた。


午後五時、署につくと署長室を訪れた。

正蔵は立ち上がった。

寅太郎はソファーに腰を据えた。

「さっさと帰った方が身のためだぞ」

正蔵は言う。

「やり残したことがあるからな」

「三田村を逮捕しようっていうのか」

「そうだ」

「おまえ、そんなことを言って勘頼みなのだろう、臭いを嗅ぎつけただけじゃ逮捕はできねえぞ」

正蔵はかつての刺々《とげとげ》しさはないものの、その分、冷静になっている。

「当たってみる価値はある」

「寅、珍しく熱くなっていやがるな」

「前田りさ子がマンションの屋上から転落した直前のことだ。マンションの出入り口で三田村と遭遇した人がいる」

「遭遇だと。まるで、UFOか宇宙人だな」

正蔵はからかうように両手を広げた。

「目が不自由なんだ」

「三田村の声を覚えていたということだな」

「そういうことだ」

寅太郎はスマフォに録音した三田村の声を野村に聞かせたと言った。

「だから、野村さんと三田村を引き合わせようと思うんだ」

「面白そうだな」

「但し、おれには捜査権限はないからなあ」

わざとらしく両手を広げると、

「わかったよ。青山を同行させる」

「おまえ、出世に響くぞ」

寅太郎が言うと、

「ああ、響くなんてもんじゃねえさ。でもな、ま、いいもんだぜ、この島の暮らしもな」

正蔵は言った。

寅太郎は青山の運転するパトカーに乗って、まずは野村の家を訪ねた。

「署長、よく許可しましたね」

「あいつも腹を括ったんだろうさ」

寅太郎自身もとっくに腹を括っている。

午後六時、野村の家に着いた。

インターフォンを押し、野村に来訪を告げる。野村は盲導犬に導かれて出て来た。

「捜査協力、よろしくお願い致します」

「わかりました」

野村は快く応じてくれた。パトカーの後部座席に盲導犬と一緒に乗り込んだ。

「じっくりと、三田村園長の話を聞いてください」

「わたしたち盲人は目が見えない分、人の外見には惑わされませんから」

野村は言った。

「そうだぞ、青山君。人の外見に惑わされてはならないのだ」

もっともらしく寅太郎が言うと、

「わかりました」

殊勝に返事をしてから青山はパトカーをスタートさせた。

「三田村は今、窮地に追い込まれていますからね」

青山の言葉を受け、

「なんで、あんな話をしたんだろうな。自ら墓穴を掘るようなことを」

ふと寅太郎は疑問に感じたことを口に出した。

「やはり、聖職者の身で反対運動を煽り立てて、土地を高く売りつけようとしたことを後ろめたく感じているってことでしょう」

「それで、みんなの前で自分の罪を言い立てたってことか」

「そうですよ。カトリックではあるでしょう。信徒が神父に告白すること」

青山は言葉を思い出そうとしたが思い出せず、寅太郎もわかるはずがない。すると、

「告解《こっかい》ですよ」

野村が教えてくれた。

寅太郎と青山は感謝してから、

「ということは、三田村は自分の罪を償おうとしているのかもしれません。だから、野村さんにりさ子さんが転落死した直前に会ったことを証言されれば、潔《いさぎよ》く認めるかもしれませんよ」

青山の言葉は案外楽観的だとは思えなかった。

「園長、その調子です。それを本番でお話しして頂ければ、波立った反対運動の連中たちの気持ちも鎮まることでしょう。そうすれば、園長は再び、この島の英雄です」

本条に励まされ、

「義男、おまえは頼りになるな」

三田村は元気を取り戻した。

「お腹、空きましたね。島寿司、どうですか」

本条は寿司折りの蓋を開けた。メダイや鰹の漬けをネタにした握りが並んでいる。

「おまえ、島寿司、食べるようになったのか」

「支持者との会合で出される機会が多いですからね。園長、山葵を取ってきてくださいよ」

「山葵……」

三田村は怪訝な顔をしたがソファーから立ち上がり応接室を出て行った。本条は三田村のブランデーに睡眠導入剤を入れた。

程なくして本条が戻って来た。

「山葵だ」

小皿には山葵と共に辛子が添えてある。

「園長、辛子で召し上がるのですか」

「島寿司は辛子で食べるものだ。おまえ、子供の頃、辛子がきらいだったからいくら勧めても島寿司を食べなかったじゃないか。忘れたか。ま、好き好きだがな。おまえは山葵で食べればいいさ」

三田村は言ってからブランデーを勧めてきた。

「車ですので」

断るとそれ以上は三田村は勧めることなく、

「義男、よく恩返しをしてくれたな」

「恩返しですか」

本条の口調は冷ややかになった。しかも目が暗く淀んでいる。

三田村はおやっとした。

「確かに、園長はぼくを育ててくれ、大学まで行かせてくれましたよ」

本条は淡々と語り出した。

本条の発するただならぬ雰囲気を感じ、三田村は気圧され口を閉じた。

「ぼくは少しもありがたいとは思えませんでした」

「おい」

戸惑いに三田村の目が揺れる。

「園長は母を愛人とした」

本条が言うと、

「な、何を」

三田村はうろたえたが、

「知っていますよ。中学二年生の夏でした」

その日は夏休みに入る日だった。午前中で学校は終わり、どこへも寄らず本条はみどり保育園内にある自宅へと帰った。その日、もらった通知表はオール5であった。それを一分でも早く、母と三田村に見せたかったのだ。

ところが自宅に帰ると、居間で信じられないような光景が繰り広げられていた。

母と三田村が全裸で抱き合っていたのだ。

そこには貞淑な母の姿も聖職者の神父の姿もなかった。

獣の交わりがあるだけだった。

男女の性行為については何となく知識を得つつある時期だった。クラスの中には訳知り顔で語る者もいた。それでも、本条には何処か遠い世界だった。それが、最も身近な男と女がまぐわう姿を目の当たりにしてしまった。しかも、そうした行為とは最も遠い存在であった二人である。

衝撃の余り、本条はしばらく口を利くことができなかった。その上、ショックだったのは、日常、佳世子と三田村が男女の関係にあることなど、微塵も素振りに示さなかったことだ。

人には裏と表があるような気がしてぞっとした。同時に三田村がどうして自分と母親の面倒を見てくれるのかわかった。三田村は母親を愛人として囲っていたのだ。

三田村の援助なしでは生きていけないのかと、本条は無念の思いで一杯になった。

すると、三田村は、

「いいだろう。認めるよ。わたしは佳世子さんを愛人としていた。亭主の暴力から逃れて教会にやって来た時から、わたしは佳世子さんの美貌に魅せられてしまったのだ」

三田村は夢見るような顔つきとなった。

本条は唇を噛んだ。

「でもな義男。わたしは佳世子さんを助けたんだ」

三田村は不敵な笑みを浮かべた。

今度は本条がたじろいだ。

脳裏に雷鳴がこだまする。暗闇に滝のような雨が降っていた。絶対に思い出したくはない光景……。

墓地で男が墓を掘っている。

傍らには男の亡骸が横たわっていた。稲光に浮かぶ男の横顔……。

三田村源蔵がスコップで墓を掘り返している。

我に返った本条の眼前に不敵な笑みを浮かべた三田村が問いかけた。

「おまえの父親、定男、どこへ行ったと思う」

「墓地だ。教会の裏手にある墓地の墓の中さ」

即座に本条が答えると、

「知っていたのか」

三田村は薄笑いを浮かべた。

「園長が墓を掘っているのを見た。でも、ぼくは怖くて黙っていたんだ」

「嵐の夜だったよ。嵐のお蔭で、誰にも見られることはないだろうと思っていたんだが、おまえが見ていたとはな。でも、殺したのはわたしではない。佳世子さんが殺したんだ」

三田村は淡々と続けた。

離婚して一月《ひとつき》ほど経ってからのこと、定男が教会にやって来た。本条が佳世子に連れられて来た翌日のことだった。

岩根島を台風が襲った。その晩、定男は佳世子を連れ戻しにやって来た。刃物で脅して無理やり連れだそうとしたのだが、佳世子は抵抗し、二人が揉み合ううちに、佳世子は定男を刺してしまった。

「わたしが駆け付けた時には、定男さんは死んでいた」

三田村は佳世子に罪はないと、定男の死体を処理した。

「墓地のね、ある男の柩《ひつぎ》の中に定男さんの亡骸も一緒に入れたんだよ」

「知っていたさ。母さんが殺したことも。だから、怖くて口には出せなかった。あの晩に起きたことは夢だったんだと信じ込もうとした。父さんは行方不明だと思うようにしたんだ。ご丁寧に探偵社を使って行方を探しもしたさ。探偵社は行方を摑めなかった。ほっと安堵したよ。母が殺したことは闇に葬られたと確信が持てたからな」

「それはそうだろう。将来を嘱望される衆議院議員本条義男の母親が夫を殺したことが明らかになれば罪には問われないだろうが、政治生命は絶たれるからな。これまで築いてきた地位が一瞬にして崩れ去る。それに香田殺しの共犯でもある。政治生命どころか、人生そのものが破滅だ」

三田村は意地悪く笑った。

「香田のことはいい。今は母さんのことだ。母さんはあなたの愛人にさせられた」

本条は言った。

「わたしを恨むか」

「恨んだことも、恩を感じたこともある」

「人間はそういうものだ。その時、その時、状況の変化によって相手を憎むこともあれば愛することもある。佳世子さん、初めのうちは罪を犯した恐怖に縛られ、負い目を感じて囲われていたが、次第にわたしへの愛情を抱いてくれた」

「母さんはあなたを愛していたと……」

「そうだ。わたしはそう確信している。さて、昔話はこれくらいにしよう。わたしは名誉を回復し五億円を得て島を出る。安心しろ。佳世子さんの罪はわたしが墓へ持って行く」

三田村の言葉を受け入れ気を取り直したように本条はうなずき、改めて三田村へ感謝の言葉を述べた。わかってくれたかと三田村が目を細めたところで話題をスピーチに戻した。

「園長、練習を繰り返せば、うまくいきますよ。とにかく辛抱強く、集会を繰り返すのです。そうすれば、島民は信じるようになりますよ」

さりげなく睡眠導入剤を入れたブランデーグラスを三田村の前に置き、ブランデーを注ぎ足した。自分は車だからと再び断りを入れ、三田村に飲むよう勧める。

疑うことなく三田村はブランデーを一口飲むと、島寿司を辛子に付けて食べ始めた。

「美味いな」

一つ食べて食欲が湧いたのか、二貫、三貫と立て続けに頬張る。辛子を付けるとブランデーに合うぞと上機嫌で言いブランデーも進んだ。

やがて、三田村は口数が少なくなり、グラスをテーブルに置くとソファーに身を沈めた。

「園長、さあ、もっと飲んでくださいよ」

本条は三田村の肩を揺すった。

「ああ……」

三田村は生返事をし、やがて寝息を立てた。

本条は二度、三度、強く三田村の肩を揺さぶった。しかし、三田村は目を覚まさない。

本条は立ち上がり三田村を見下ろした。

「三田村源蔵、この罪深き贋神父。神に代わっておれが鉄槌《てっつい》を下す。死期を悟った母さんはぼくに手紙をくれた。手紙の中にな、神父さまは悪魔と書いてあったんだ。おまえのことを愛してなどいなかったさ」

溢れる涙で三田村の寝顔が霞んだ。

涙を振り払うように激しく首を横に振ると、本条は鞄の中から白い手袋を取り出した。

次いで、ロープも取り出す。ソファーの上に立ちロープを梁《はり》にかけしっかりと結んだ。

「三田村源蔵、よくも母を慰みものにしたな。その報いを受けろ。おまえは裏切り者の汚名を着て、地獄へと旅立つのだ。おまえさえいなくなれば、母さんの罪を知る者はいない。おまえのことだ、五億円手にしてもおれに一生取りすがる。そう、墓場の悪夢のようにな」

三田村が死ねば母の罪と悪夢は消える。

悪夢から逃れられるのだ。

本条は三田村の身体を持ち上げてロープの輪の中に首を吊らせた。三田村はやがて目を見開き、

「な、なんだ」

言葉を発するが言葉にならない。首に食い込んだロープを両手で持ち、外そうとしたがもがけばかえって首が絞まってゆく。

「お、お、おい」

三田村は恐怖に引き攣った顔で本条を見下ろした。

「地獄へ落ちろ」

乾いた声で本条は告げた。

三田村は何事か喚いていたが、ついには力尽きてぐったりとなった。本条は三田村の足を引っ張り、しばらくじっとしていた。三田村が身動《みじろ》ぎ一つしないことを確かめ、念のために右手の脈を取り、さらには心臓の鼓動を確かめた。

死んだ。間違いなく死んだ。聖職者の仮面を被った悪魔が死んだのだ。これで、墓場の悪夢も消える。

永年の恨みを晴らした喜びに浸ってはいられない。本条は先ほど机上のパソコンで打ち込んだ文書をプリントアウトした。袴田庄司、前田りさ子、そして香田清は自分が殺したことが書いてあった。

これに、先日の三田村のスピーチを添え、更には船岡商事との土地売買の契約書を置いた。

これで、三田村は罪を背負って自殺したと見なされるだろう。パソコンの電源を落とし、キーボードをハンカチで入念に拭った。ブランデーグラスに残ったブランデーを三田村のグラスに移し替え、ハンカチで指紋ごと拭き、台所に戻した。島寿司の折りの蓋と包装紙はそのままにしておいた。折りの箱には一切手を触れていない。

部屋の中を見回す。

完璧だと思ったところで窓ガラスにヘッドライトが映った。

本条は動転することなく、落ち着いたまま玄関に向かおうとした。

しかし、車は既に門に着けられた。

急いで玄関に向かう。すると、人の声が近づいてくる。

駄目だ。

咄嗟《とっさ》に本条は玄関に脱いでいた靴を取り、踵を返した。応接間には向かわず、反対方向のバスルームに向かう。

その時、インターフォンが鳴った。

青山はパトカーを停めた。

「三田村、いますね」

応接間の電気が灯っている。

「よし、行くぞ」

寅太郎は助手席を下りると、後部座席から野村を導き出した。

野村はジャックと共に外に出た。

「ジャックを何処かへ繋いでおきましょう」

野村の言葉に従って寅太郎は周囲を見回す。門柱がいいだろう。野村を門まで導き、ジャックを門柱に繋いだ。

青山が玄関のインターフォンを鳴らした。

「夜分、畏れ入ります。岩根島署の青山です」

インターフォンに向かって声を放つ。寅太郎は野村の手を握り、ゆっくりと母屋に向かった。

「園長、すみません。少しだけ、お話をさせてください」

青山が言葉を重ねる。

しかし、三田村の返事はない。

寅太郎は応接間の窓を見た。カーテンが下りていて中を見通すことはできない。

「園長、お願いします」

青山は何度も繰り返した。

それでも、返事がない。

青山がどうしますかという問いかけを目でしてきた。

寅太郎は答える代わりにドアノブを回し、ドアを開けた。

「園長、警察です。お邪魔しますよ」

声をかけながら廊下を進む。応接間のドアに至ったところでもう一度寅太郎は声をかけ、ドアを叩いた。

しかし、三田村は返事をしない。

応接間にはいないのか。

「入りますよ」

寅太郎は声をかけ、応接間のドアを開けた。

「ああ」

青山が驚きの声を上げた。

梁から三田村がぶら下がっていた。

直ちに寅太郎は応接間に入り、三田村に向かった。青山と一緒に三田村の身体をロープから外し、ソファーに横たえる。脈は止まっている。青山に救急車の手配を指示し、寅太郎は三田村に心臓マッサージを施し始めた。

本条はバスルームから廊下を見た。寅太郎たちが応接間に入って行くのが見えた。そっと足を忍ばせ玄関に向かう。胸の高鳴りすらも聞こえてしまうのではないかと怯えてしまう。

今、この瞬間、あいつらに見られてしまったら破滅だ。

これまで、耐えに耐え、必死で積み上げてきた自分のキャリア全てを失くすことになるのだ。

東アジア一のリゾート建設の最大の功労者になろうとしているのにだ。

墓場の悪夢も去らない。

焦るな、落ち着けと自分に言い聞かせ、玄関に向かう。数メートルの距離がとてつもなく長い。

「あっ」

玄関マットに爪先が引っかかってしまった。

どきりとしたが応接間から聞こえる声は、三田村の首吊り死体に驚くものと状況確認である。こちらに気を配る余裕はない。

本条は玄関に下りると靴を履くこともなくドアを開け、音を立てずに閉めると靴を履き、門まで走る。

門に至ったところで犬が繫がれていることに気づいた。気づいた時には遅く、尻尾を踏んでしまった。

犬が吠えた。

心臓が止まると思えるような衝撃を受け、立ち止まった。避けようとしたところで犬に飛びかかられる。反射的に右手を払った。ところが裏目に出た。犬に嚙みつかれてしまったのだ。

「しっ、しっ」

左手で犬の首輪を握り、犬を引き離す。次いで、蹴飛ばすと犬はより一層吠え立てた。無我夢中で犬を蹴飛ばす。犬は地べたにひっくり返り、のたうった。その隙に門の外に出る。

右手の甲を嚙まれ、血が流れていた。痛みに襲われながら車に向かう。サイレンの音が近づいてくる。

いくら心臓マッサージを施しても三田村は蘇生しない。さすがに歳だ。息が上がってきた。青山に交代してもらい室内を見回した。テーブルに島寿司の折りとブランデーが置いてある。島寿司は三貫食べてあり、九貫が残っていた。

「おや……」

寅太郎は辛子と共に山葵が小皿に添えてあるのを見た。三田村は島寿司を辛子と山葵で食べるつもりだったのだろうか。不思議ではない。山葵と辛子両方の味を楽しもうとしたのかもしれない。辛子は寿司に付けられた跡があるが山葵は盛られたままだ。三田村はまず辛子で味わったのだ。

いや、これから自殺しようとする人間が寿司を味わうゆとりなどあるまい。この世の名残、最後の晩餐《ばんさん》を気取ったのかもしれないが、島寿司が最後の晩餐にふさわしいとは思えない。

次いで、三田村の遺書とスピーチ原稿、船岡商事の売買契約書を読んでいった。

一切の罪を告白しての覚悟の自殺だ。

カトリック教徒が自殺するなどあり得ないというよりは、状況が自殺に不審感を抱かせる。

そこに、

「ジャックが吠えていますよ」

三田村に心臓マッサージを施しながら青山が言った。

答える前に寅太郎は玄関に向かった。玄関マットがずれている。

さては、家の中に誰かがいたのだろうか。

靴を履き、玄関から飛び出す。

「寅さん、どうしたんですか」

背後から青山の声を聞きながら、

「青山君は野村さんを守り、現場を保存し、救急車と鑑識を待つんだ」

早口で命じるとドアを開け、外に出た。ジャックはまだ吠えている。よほど興奮しているようだ。

きっと、家から飛び出した者に吠えかかり、揉み合ったのだろう。まだ、遠くには行っていないはずだ。寅太郎は門から飛び出した。闇の中、視線を這わせ、耳を澄ませる。すると前方にある神社の方へかすかな足音が逃げて行く。

迷うことなく神社に走る。

神社の裏手から境内に足を踏み入れる。無人の境内を見回すと鳥居から走り出す人影が見えた。

男だ。

寅太郎は鳥居に向かって駆けだした。境内の玉砂利を撥ね上げ、全速力で走る。息を詰めながら境内を走り抜け、鳥居に至ったところで車のエンジン音が聞こえた。そして、エンジン音は遠ざかって行く。

エンジン音を頼りに車を突き止めようとしたが、闇に消えた車を見つけることは不可能だった。

しかし、寅太郎の脳裏には一人の男が浮かんだ。

本条義男……。

岩丸浩次が言っていた。タクシーに乗せ、岩根八幡の鳥居前で降ろしたと。本条は八幡神社の境内を通り抜け、三田村の自宅へ向かったのだった。

今、まさにその逆の行動を本条はとったのではないか。

そして島寿司に添えてあった山葵……。

本条は島寿司を山葵で食べると言っていた。応接間にあった島寿司の折りは本条が持って来たものではなかったのだろうか。

本条が三田村を殺した。

恩人殺しということになる。

三田村は反対運動を裏切り、船岡商事と土地売買の契約を行った。つまり、本条の側に立った。

一見して欲に目が眩んだ三田村の行動のようだが、これがあらかじめ計画されていたものとしたら……。

つまり、最初から本条と三田村は手を組んでいた。反対運動を盛り上げることで土地の値を吊り上げようとしたのではないか。そして、そのことを空き巣に入った袴田に知られた。袴田は聖職者、島の自然を守るという三田村の虚構を、りさ子に知らせた。りさ子は事の真偽を三田村に問い質したのだろう。

結果、三田村は袴田とりさ子を殺した。

袴田が殺された小公園は三田村たちが集会を催していた代官山公園とは目と鼻の先だ。三田村は袴田に誘いをかけ、小公園に呼び寄せ、殺したのではないか。そして、りさ子も口封じに殺した。

では、香田の場合はどうだ。

香田は反対運動を煽るために島にやって来た。反対運動を通じて三田村と本条が裏で手を組んでいることを知ったのかもしれない。香田殺し、三田村のアリバイは岩丸浩次の証言によって立証された。しかし、本条が共犯者であったなら、つまり、香田を天狗岬に運んだのは本条であったなら、香田も事故死ではなく殺人の可能性が大となる。

すると、本条と三田村は仲間割れをしたのだろうか。考えてみれば、本条にとって三田村は最も危険な人物だ。土地買収で利益を得るどころか、殺しの共犯にまでさせられたのだから。

この世から消えて欲しい男に違いない。

本当の動機は本条に確かめるべきだが、確かに本条は三田村を殺す動機は持っている。

三田村の家に戻った。

興奮冷めやらぬジャックが吠え立てている。宥めようと思ったが、かえってジャックの気を昂ぶらせるだけだと見守ることにした。本条がジャックと揉み合っていたとしたら指紋を残しているかもしれない。ジャックが嚙みついたなら、本条の血痕も見つかるのではないか。

首輪に指紋か血痕が残っていてくれれば……。

「ジャック、助けてくれよ」

呟いてから地面を見た。外灯に照らされた地面に本条の臭いを、悪党の臭いを嗅ぎつけてやる。鋭く視線を凝らすと乱れてはいるが、靴跡が残っている。靴底に細い溝がある。スタッドレスタイヤのシューズ版、耐滑性に優れた雪国仕様の靴だ。岩根島に来ると本条が履いている。本条は耐滑性に優れた靴を履き、島中を走り回ると滝野は言っていた。

応接間に戻ると、

「もうすぐ、鑑識係が到着します」

青山の報告を聞き、

「この家に男が潜んでいた。男の靴跡が門の側に残っている。鑑識に連絡してくれ」

寅太郎が言うと、青山は驚きの声で承知した。

「では、三田村は自殺じゃないんですか」

「緊急配備だ」

寅太郎は言った。

「わかりました」

青山は岩根島警察署に連絡を入れた。

やがて鑑識係が到着した。

「この部屋だけではなく、廊下も玄関も他の部屋も全て調べてくれるよう頼んでくれ。もちろん庭もだ。靴跡をしっかり調べるよう頼むんだ」

寅太郎に言われ青山はうなずいた。

「野村さん、ジャックがお手柄を立ててくれたようですよ」

寅太郎はソファーに座る野村に声をかけた。野村は静かにうなずいた。

「ジャックから指紋を検出したいのです。鑑識にご協力くださいますか」

「もちろんです」

野村は快諾してくれた。

青山を通じて、三田村の自殺は偽装された可能性があることが、捜査本部と正蔵に報告された。

三

直ちに寅太郎が追いかけた謎の男の追跡とジャックの首輪から指紋と血液の検出作業が進められた。もちろん、庭に残された足跡の分析も行われる。更に三田村の遺体が発見された応接間に残されていた遺書と船岡商事との土地売買の契約書の真偽も併せて検討が進められた。

寅太郎は岩根島署の署長室にいる。青山と共に牧村と飯岡の詰問を受けていた。ソファーで向かい合い、重苦しい空気の中、青山はすくんでいた。

「青山巡査部長、どうして、勝手な真似をしたんだ。盲人を連れ、三田村園長の家に向かえなどと指示をした覚えはない」

牧村は厳しい口調で青山を詰問した。

「申し訳ございません」

青山は立ち上がって深々と腰を折った。飯岡は剣呑な目で寅太郎を睨んでいる。正蔵が執務机の椅子から立ち上がり、

「青山巡査部長に責任はありませんよ。署長のわたしが許可したのです。三田村を袴田庄司と前田りさ子殺しの被疑者だと判断しましたので」

正蔵は座り、青山に横に座るよう促した。警視庁本部からやって来た牧村と飯岡の威勢に気圧され、青山は頭を下げたまま座ろうとしない。寅太郎が背広の隙間に右手を入れ、ズボンのベルトを掴むと無理やり座らせた。

苦々しい顔をした牧村が、

「袴田庄司殺しは捜査本部で捜査を行っているが、前田りさ子は殺されたのではない」

すかさず寅太郎が、

「袴田殺し、未だ犯人が挙がっていないじゃありませんか。このままではお宮入りですよ」

寅太郎を無視していた牧村だったが、

「何度も言うが向坂警視、君に捜査権限はない。第一、休暇中だろう」

「あたしはね、捜査をしたのではなく、野村さんを介助したんです」

「介助だと」

牧村が呆れたように吐き捨てると、飯岡も失笑を漏らした。

構わずに寅太郎は続ける。

「あたし、この島で休暇を過ごしているうちに野村さんと親しくなりました。併せてジャック、犬のことですがね、ジャックにもなつかれましたんでね。青山君が三田村と野村さんを引き合わせる場に野村さんとジャックの付き添いで三田村宅に行ったのです」

「詭弁《きべん》はいい。警視庁本部に帰ったら、君の職務逸脱行為を厳しく追及する」

「よろしくお願いします」

皮肉を込めて返してから、

「職務逸脱ついでに申しますと、三田村宅に潜んでいた男、衆議院議員の本条義男と思われます」

寅太郎は言った。

「本条だと」

牧村が顔をしかめると飯岡も首を横に振り、

「向坂、捜査を攪乱《かくらん》する気か」

「本気ですよ」

真顔で寅太郎が答えると、

「出て行ってくれ」

牧村は戸口を指差した。

「嫌です」

寅太郎はソファーの背もたれに寄りかかった。

「坂上署長、向坂を追い出すんだ」

牧村に命じられた正蔵は、

「向坂警視の話、面白そうではありませんか。聞くだけ聞きましょう」

牧村が答える前に、

「まあ、聞いてくださいよ」

寅太郎は三田村と本条は裏で繋がっていたのではないかと早口に述べ立てた。牧村と飯岡は寅太郎に圧倒され、言葉を挟むことができない。

「二人は繋がり、パラダイスアイランド建設の推進と反対という立場で対立していると見せかけ、みどり保育園の土地価格を吊り上げた。その企てを空き巣に入った袴田に知られてしまったのです。袴田は三田村と本条の企みを前田りさ子に教え、さらに香田清にまで知られてしまった」

ここに至って牧村が寅太郎の話の腰を折り、

「三田村は遺書の中で袴田庄司、前田りさ子、それに香田清殺しを認めている。君が言うように、殺しの動機は反対運動に便乗して土地の価格を吊り上げたことを袴田に知られたとも記してある。だから、三田村が三人の死に深く関与したことは間違いないだろう。しかし、本条が三田村を殺す理由がわからない。本条にとって三田村は恩人だ。大学進学まで世話をしてくれたんだからな。それが今回のパラダイスアイランド建設で三田村と対立し、恩知らず呼ばわりされている。かりに君の妄想通り本条と三田村が裏で繋がっていたとすると、二人は土地価格を吊り上げるという利害で一致していたわけだ。その目論見が袴田に知られたとしても、本条が三田村を殺す必要はあるまい」

ここで青山が、

「本条は三田村に全ての罪を負わせるために殺したのではないですか」

「なんでそんなことをする必要があるのだ。袴田は殺人事件として捜査が行われているが、りさ子は事故死、香田は自殺として岩根島署によって処理されたのだぞ」

牧村は岩根島署に処理されたという言葉を強調した。

青山は黙り込んだ。

正蔵が、

「本条に任意同行を求め、自供させましょう」

「署長、乱暴に過ぎるだろう。証拠もないのに現職の国会議員を殺人容疑で取り調べるわけにはいかん」

牧村は怒りを募らせた。

「国会議員であろうと殺しの罪は逃れられません」

正蔵が反論し、牧村と飯岡が腰を浮かしたところで、

「指紋と血痕はどうなりましたか」

寅太郎が聞いた。立ち上がった牧村と飯岡が寅太郎を見下ろしたところで正蔵の机にある内線電話が鳴った。素早く立ち上がった正蔵が出ると、「鑑識からです」と牧村に告げた。

「グッドタイミングですね」

寅太郎が手を打つ。

牧村も飯岡も緊張の面持ちで鑑識の結果を待ち受けた。

ジャックの首輪から本条の指紋と血痕が検出されれば、有無を言わせない証拠となる。少なくとも、三田村自殺の場にいた男が本条義男であったことを示すことにはなる。本条に任意同行を求めるには十分な理由となり、本条を追い詰める格好の突破口となろう。

みなの視線を集めながら正蔵は内線電話を置いた。

それから肩をすくめ、

「指紋は検出されませんでした。首輪は泥にまみれていて、指紋採取不可能の状態であったそうです。残念ながら血痕も同様に検出されなかったそうです」

牧村と飯岡は腰を下ろし、青山は唇を噛んだ。

「残念ですね」

寅太郎は内心の失望を笑顔に包み込んだ。次いで明るい口調で、

「足跡はどうだった。スタッドレスタイヤのシューズ版だったんだろう」

「ああ、足跡は雪国仕様のビジネスシューズに間違いない」

　正蔵が答えた途端に、

「そんなことで、本条を取り調べることはできんな。本条が履いていたとは特定できん」

　牧村が言った。

「任意でなら話くらい聞けるでしょう。目下岩根島で雪国仕様の靴を履いている人間なんてそう滅多にいませんよ」

　異を唱えた寅太郎を、

「無理だ」

　にべもなく牧村は撥ねつけた。

「わたしが話を聞きますよ。休暇中のわたしなら構わんでしょう」

「駄目だ。何度言ったらわかるんだ。捜査を攪乱させるな」

　牧村は声を荒らげた。

「攪乱じゃありません。真実の追求です」

　胸を張り寅太郎は主張した。

「何が真実の追求だ。警察は組織で動くのだ。君のスタンドプレーを認めるわけにはいかん」

　牧村が強調したところで、またしても内線電話が鳴った。正蔵が出ると、背筋を伸ばした。

「はい、ここにいらっしゃいます」

正蔵は丁寧な口調で応答し、受話器の口を手で塞いで、

「総監からお電話です」

と、牧村に告げた。

牧村は緊張の面持ちで立ち上がり、受話器を受け取った。寅太郎たちに背中を向けてやり取りを行う。二言、三言、話をしただけで直立不動の姿勢で何度か頭を下げると爆弾でも扱うような丁寧さで受話器を戻した。

次いで渋い顔でソファーに戻ると、

「本条剛蔵先生から総監に電話が入った。二度目の電話だそうだ。しかも二度とも休暇中の刑事が岩根島で勝手な捜査をしていることの抗議だ」

寅太郎を睨み付けた。

「それ、ひょっとしてあたしのことですか」

自分の顔を指差した寅太郎に、

「ひょっとしてじゃない、ずばりおまえのことだ」

不機嫌に牧村は返事をする。

「語るに落ちるとはこのことですね。一度目は天宮刑事部長を通し、あたしに抗議の電話

がありました。本条剛蔵先生が総監に抗議をなさったとか。効き目がなかったということで総監自ら牧村課長に電話をいれてこられたのでしょう。本条剛蔵を動かしたのは本条義男に決まっています。本条は危機感を抱き、無用な動きをしたんですよ。あたしが性懲りもなく三田村の家に押しかけたことを知ったからです。あたしが三田村宅に行ったことを知ったということは、本条が三田村宅に潜んでいたことを認めたようなもんですよ」

「ふん、得意がっているがね、決定打に欠けるよ。状況証拠にもならない。さっきも言ったがおまえの妄想だ」

牧村は受け付けない。

「ともかく、向坂さん。総監まで気にかけておられるのだ。これ以上、首を突っ込まず島から帰りなさい。それがあなたのためだ。第一、この島でしゃかりきになって捜査を続けたところで何の功も認められないんですよ」

飯岡が口を挟んだ。

「あたしは功を挙げたいんじゃない。ホシを挙げたいんです」

「まだ、そんなことを言うのかね。いいから帰るんだ。これは、総監のご命令だ」

居丈高に迫る牧村に、

「嫌です」

寅太郎は断固として拒絶した。

「坂上さん、向坂警視を明日のフェリーに乗せなさい」

乾いた声で牧村は正蔵に告げた。

四

「あたしは帰りませんよ」

寅太郎は拒絶し続けたものの、

「帰るんだ」

話はすんだとばかりに、牧村は右手をひらひらと振ると観念したのか、

「わかりました。帰ります」

寅太郎は立ち上がり、ドアに向かった。

「失礼します」

青山も一礼すると追いかけて来た。

廊下に出たところで、

「寅さん、本当に帰るんですか」

青山の顔は抗議の姿勢に彩られている。

「帰るさ」

「寅さんらしくありませんよ。がっかりです。もう、本当に……。諦めないでください
よ、本当に……もう」
青山の口が尖った。
「青山君、丑年だからってな、そう、もう、もう、言うなよ」
寅太郎は肩を揺すって笑った。
「だって……」
青山が顔を歪ませたところで、
「誰が岩根島から帰るなんて言ったよ。向こうはどう受け取ったか知らないけど、あたし
は岩根島署から椿荘に帰るってつもりで言っただけだよ」
人を食った寅太郎の言葉に青山は破顔した。
「あたしは三田村宅にいた男は本条義男で間違いないと確信している。袴田とりさ子殺し
は三田村の仕業としても、香田を天狗岬から落とすのは三田村にはできなかった。岩丸浩
次たちの証言で三田村はあの晩は酔いつぶれていたんだからね。よしんば、泥酔したのが
芝居であったとしても、年老いた三田村一人で香田を天狗岬から落とせはしない。共犯者
がいたはずだ」
「ぼくもそう思います。でも、牧村課長は寅さんを明日のフェリーに乗せるよう署長に命
じましたよ」

「無理やり乗せられたとしても、海に飛び込んで戻ってやるさ。それより、明日、本条は公民館で講演を行うだろう」

「午前十一時からです。支援者にパラダイスアイランド建設が岩根島の発展になることを講演するようです。公民館は岩根島空港の近くにあります。講演を終えて、午後一時半の飛行機で島を離れるそうです。三田村自殺のニュースが島を駆け巡れば、反対派は打撃を蒙《こうむ》ります。本条の講演で風向きが変わるかもしれませんよ」

「青山君、島から離れる前に本条を逮捕しなければならない。牧村や捜査本部は動かない。明日の講演に野村さんとジャックを連れて行こう。ジャックに助けてもらうんだ」

「わかりました」

青山は勢いづいた。

しかし、署長室では、

「署長、明日、絶対にあの男をフェリーに乗せるんだ。わかったな」

牧村は深々と釘を刺した。

「わかりました。わたしが寅の奴を港まで送って行きます」

正蔵は答えた。

「わかっていると思うが君も将来のことを考えるべきだ。定年後のこともな」

牧村の口調は冷ややかだ。

「おっしゃることはわかりますが、今やらなければならないことは、今回の事件を解決に導くことです」

「解決はした。三田村が三人の殺害を自供して自殺したんだからな」

「しかし、自殺現場に男が居合わせたんですよ」

「その男が三田村の自殺に関与したかどうかも、ましてや本条義男であるなど、全ては向坂の妄想だ。警視庁が妄想に引っ張られるわけにはいかない」

「しかし、本条に話を聞くだけはした方がいいと思います」

「現職の国会議員だぞ」

「それは関係ないと思いますが」

「君も向坂と同じ穴の貉《むじな》か」

牧村は薄笑いを浮かべ、寅太郎をフェリーに乗せることを再びきつく命じた。

そこにまたまた内線電話が鳴った。正蔵が出ると、

「課長、本条議員からお電話です」

牧村は即座に受話器を受け取り応対した。一通りの挨拶をしてから、

「ずいぶんとお騒がせしましたが、向坂は明日のフェリーに乗ります。はい、大丈夫です。向坂は三田村園長宅に潜んでいた男を追いかけたそうです。よりにもよって、その男

が本条先生だと向坂は考えたようですが、ご心配には及びません。はい、決め手と考えた指紋と血痕、犬の首輪から検出されると踏んだようですが、指紋も血痕も見つかりませんでした。それで、向坂も諦めたようです」

牧村は電話を切るとほっとしたように息を吐いた。

「課長、よろしいのですか。捜査情報を教えて」

「本条義男、凄い剣幕だった。向坂を野放しにしていいのか、警視庁は何をしているってな。宥めるには向坂が事件から手を引いたことを説明する必要があったんだ。仕方ないさ。それに、本条に指紋や血痕が採取されなかったことを教えたところで、捜査に影響はない」

平然と牧村は自分の言動を正当化した。

明くる十二日の朝十時、寅太郎は椿荘のロビーで祥子にこれまでの滞在費を支払った。白いワイシャツに紺のスラックス、紺のブルゾンを重ねてリュックサックを背負い竿袋を手にしている。

「また、いらしてくださいね」

「次回は釣り三昧ですよ」

「きっとですよ。そうだ、港まで送りますよ」

祥子の申し出を、

「ありがとうございます。でも、迎えがあるから大丈夫ですよ」

寅太郎がやんわりと断ったところでパトカーが着いた。

「さすがは、警視だな。パトカーのお出迎えだ」

政五郎が言った。

「親父さん、お世話になりました。今度来た時には一杯飲みましょうね」

寅太郎は礼を言い、表に出た。

正蔵がハンドルを握ったまま乗れと言ってきた。寅太郎は後部座席に荷物を入れ、助手席に乗り込んだ。

「素直だな」

正蔵は車をスタートさせた。

「正蔵、悪いが港に行く前に寄って欲しい所がある」

「本条義男講演会だろう」

正蔵はにんまりとした。

「そういうことだ」

「おれも本条義男の講演は聞きたいと思っていた。これでも、島民だからな。島の将来は気になるところだ。それに牧村の奴、本条に余計なことを言いやがった」

　正蔵は寅太郎が帰ってから本条から電話が入り、牧村がジャックの首輪から指紋が採取されなかったことを漏らした経緯を語った。

「ろくなことをしないな」

　寅太郎は舌打ちをした。

「保身の塊だよ」

　正蔵は公民館に向かって走り出した。

「牧村課長に逆らって、いや、警視総監に逆らっていいのか」

「かまわんさ」

　正蔵は吐き捨てるように言った。

「すまんな」

「勘違いするな。おれはな、おまえのために本条の講演会に行くんじゃない」

「警察官としての正義感に目覚めたのか」

「そんな大したもんでもないさ。意地だよ。おれはな、意地を張りたくなったんだ。五十過ぎて反抗期がきたようだぜ」

　正蔵は大笑いした。


　公民館には五百人ほどの島民が詰めかけ本条の講演を聞いた。リーダーである三田村の不正と自殺によって反対運動は潮が引くように盛り下がり、「島の自然を守れ」とか、「カジノはいらない」などと書かれたプラカードがちらほらと見受けられるだけで、騒がしくはない。

　壇上の本条は右手に包帯を巻いている。

「ホテルのドアに挟んでしまいまして」

　聴衆に向かって右手をひらひらと振り、おどけた様子で怪我の説明をしてから、本条はおもむろに語り始めた。

　寅太郎と正蔵は最前列に陣取り、本条を見上げ続けた。本条は気にする素ぶりも見せずにスピーチを続けた。島で過ごした幼い頃の思い出、パラダイスアイランドがいかに岩根島に貢献するのか、岩根島は東アジア一のリゾート地になるのだという明るい未来について、一時間半にわたり熱弁を振るった。

　万雷の拍手を受け、本条は両手を高々と振りながら演壇を下りた。寅太郎と正蔵が近づく。本条が険しい顔をした。

「議員、警護致します」

　正蔵が身分証を提示した。本条は寅太郎を見て、

「向坂さん、まだいらしたのですか」

「もう、帰るつもりですよ。でも、どうしても本条先生の講演が聞きたくて寄ってしまい

ました。いやあ、素晴らしい講演でしたね」

「それはどうも」

本条は足早に公民館の外に向かう。逮捕された滝野以外の秘書や事務員たちが従った。車に乗り込もうとした時、ジャックに導かれた野村が歩いて来た。秘書たちが野村を遠ざけようとしたが野村が盲人だと見て躊躇《ためら》った。

ジャックが本条に吠えかかった。激しく吠え立て、本条の顔が引き攣る。野村がなだめたが、ジャックは収まらない。

秘書たちが本条を連れ、車から遠ざかった。すかさず寅太郎は追いかける。

「本条先生、ちょっとお話を」

寅太郎が呼びかけると本条は立ち止まった。

秘書と事務員たちが寅太郎との間に壁を作った。講演を聞き終えた聴衆が遠巻きに眺め始めた。

正蔵は野村と話をしていたが本条を向き、

「先生、捜査にご協力ください」

と、声をかけ、歩み寄って来た。本条は不快そうに顔を歪めたが、聴衆の視線を気にしたようで表情を柔らかにし、

「何の捜査ですか」

本条が応じようとしたところで秘書たちが飛行機の時間ですと声高に言った。本条が首を縦に振ったところで、

「飛行機は十三時半です」

正蔵は腕時計を見てまだ十二時三十五分だと言い添えた。秘書が止めるのも聞かず、

「いいでしょう」

本条は受け入れた。

正蔵が、

「野村さん、目が不自由でしてね、飼い犬は盲導犬です。盲導犬は吠えたり人を噛んだりしないものですが、それが、人を噛んだようなのです。飼い主として申し訳ないと、野村さんは噛んだ人にお詫びしたいとおっしゃっていましてね、相手を探しているんですよ」

「わたしとどう関係するのですか」

「犬は噛んだ相手のことはよく覚えているそうなんです。ジャック、あ、いや、盲導犬の名前ですが、今、ジャックが先生に吠えかかった様子を飼い主の野村さんがお聞きになられて、ひょっとして噛みついたのは先生じゃないかと野村さんは思われたんです」

正蔵の言葉を受け、

「そのお怪我、ひょっとして犬に噛まれたのではないですか。そのことで、是非ともお話をお聞きしたいのです。なに、すぐに済みます」

寅太郎は丁寧な物腰で申し出た。

不承不承ながら本条は応じた。

「寅、任せるぞ」

正蔵は寅太郎に耳打ちをした。


寅太郎は本条と共に公民館の中にある会議室に入った。本条はすぐに済むからと秘書や事務員たちを遠ざけた。

長机で向かい合い、寅太郎と本条はパイプ椅子に座った。

「向坂さん、何が目的ですか。犬が噛んだ相手を探しているなど茶番も大概にしてください」

本条の目は怒りに燃えている。

「そう、邪険にしないでください。お父上に頼んでまでも島から追い出したいくらいですから、あたしが相当に嫌われていることはわかります」

「早く用件をすませてください」

本条は仰け反った。パイプ椅子が軋んだ。では時間もないことですしと寅太郎は前置きをしてから、

「本条先生、昨晩、三田村先生のお宅におられましたね」

「いません」

間髪容れず本条は答えた。

「指紋が出てきたのですよ」

「そんなはずはありませんね。行っていないんですから」

本条が否定するとジャックの咆哮《ほうこう》が聞こえた。

「ジャック、興奮しておりますな。盲導犬とは思えない吠えようだ。いえね、ジャックと野村さんはあたしと一緒に三田村園長を訪ねたのですよ。それで、野村さんはジャックを門に繋いでおいたんです。ところが、あたしたちが応接間で三田村園長の亡骸を検《あらた》めていた時、ジャックは今のように吠え立てたんですよ。とっても激しく、園長の家から出て来た人物に、吠え立てるだけじゃなくって嚙みついてしまいましてね。よほど、危機感を抱いたのでしょうね」

「それがどうしたんだ」

「先生、お怪我大丈夫ですか」

不意に寅太郎は本条の右手に視線を向けた。

「大したことはない」

大丈夫だというように本条は右手を振った。

「だといいんですがね、狂犬病にでもかかったら大変ですよ。病院には行かれたんですか」

「病院に行くほどじゃない。第一、日本に狂犬病はないさ」

「おや、その傷、犬に噛まれたんですか」

「違う。狂犬病について君の間違った認識を正しただけだ。妙な言いがかりはやめてくれ」

「そうでした。それに、ジャックに噛まれたわけじゃないんですものね」

寅太郎は額を叩いた。

「もう、いいだろう。ジャックとかいう犬に噛まれたのはわたしじゃない」

苛立たし気に本条はパイプ椅子から立ち上がろうとした。

と、

「まだ、話は終わっていない！」

不意に寅太郎は怒声を浴びせた。

しょぼしょぼとした眠そうな目がぎらぎらとした輝きを放ち、獲物を追い詰めた狼のようだ。今にも喉笛《のどぶえ》に食いつきそうな寅太郎の威勢に気圧されるようにして本条は腰を落ち着けた。

固く口を閉ざし、寅太郎から顔をそむける。

寅太郎は笑顔を広げた。三角になっていた目が柔らかになり、二度、三度うなずいてか

ら、

「昨晩、三田村園長の家にいらしたのは本条先生でしょう」

「違います。何度言ったらわかってもらえるのですか」

懇願するように本条の言葉遣いが丁寧になった。

「園長宅にいらしたのは先生ですって」

しつこく寅太郎は食い下がる。

そんな寅太郎を応援するかのようにジャックは吠え続ける。

「ね、ジャックも先生だって言っていますよ」

「向坂さん、いい加減にしてください」

本条は寅太郎に視線を戻した。自信が蘇っている。寅太郎に自分を追い詰める決め手がないと見越したようだ。

「園長、ブランデーを飲んでおられました。それが妙なんですよ」

寅太郎は大きく首を捻った。

「自殺する前にブランデーを飲んだことが変とは思いませんね。死の恐怖を酔いに紛らわせようとしたのではないですか」

何でもないように本条は横を向いた。

「いや、そうじゃなくて。島寿司を召し上がっていたんです」

「園長は島寿司が好物でしたからね」

「ブランデーと島寿司、合わないですけどね」

「それは好みでしょう」

「そうですね。確かに辛子を付ければ、まだブランデーと合うと思うのですよ。しかし、島寿司の横には山葵も添えてありましてね。いくらなんでも山葵醬油とブランデー、合わないでしょう。先生はそんな飲み食いの仕方、なさいますか」

「わたしはしないね。でも、園長は好きだったのかもしれない」

「それでですね、一つ思い出したんですよ。先生、島寿司を山葵で召し上がるんですよね」

　不快感も露わにそっぽを向いていた本条だったが寅太郎に視線を戻し、

「おい、おい、まさか、そんなことでわたしが昨晩園長宅に居たって言うんじゃないだろうな」

「いいえ、いくらなんでもそれはありません。先生が園長宅におられたと申しますのは指紋が残っていたからなんです」

「そんなはずはない」

「でも、残っていたんです」

「昨晩、園長の家になど行っていない」

「でも、ジャックに噛まれたんでしょう」

「だから、わたしじゃない」

「いいえ、先生だ」

今度は寅太郎がパイプ椅子から立ち上がり本条を見下ろして指さした。我慢ならないと本条も立ち、寅太郎を睨み返す。

「あの犬に噛まれた証拠があるのか」

本条の声が裏返った。

「ジャックが先生だと言っている」

「あなたはおかしい。とてもつき合えん」

「本条先生の指紋が残っているんです」

「そんなはずはない」

「残っているんだ!」

寅太郎はひときわ大きな声を浴びせた。

本条も負けじと左の拳を握りしめ、

「嘘をつくな、首輪からは指紋も血痕も検出されなかったじゃないか」

どうだとばかりに胸を張った。

寅太郎は口を閉ざし、力なくパイプ椅子に腰を下ろした。肩を落としうなだれ黙り込んでいる。

「帰る。尚、このことは警視庁に厳重に抗議をする」

勝ち誇ったように本条は寅太郎を糾弾した。

寅太郎は顔を上げ、

「あ〜あ、疲れた」

と、両手を上げて大きくあくびをした。

寅太郎の不遜《ふそん》な態度に本条は目をぱちくりとさせた。

「先生、とうとう白状なさいましたね」

満面の笑みで寅太郎は告げた。

「な、なんだ」

本条は気味悪そうな目で寅太郎を見返した。

「あたしは一言もジャックの首輪に指紋が残っていたなどとは言っていませんよ。ましてや血痕の話なんか一言も申しませんでした。あたしはただ指紋が残っていたと言っただけです。だって、園長宅を先生は訪れていますから、応接間や玄関に指紋が残っていてもおかしくはないですよね。だから、指紋があったとあたしは申し上げたんです。それを先生はジャックの首輪に指紋が残っているか、気になさっていた。おまけに、指紋ばかりか血痕もなかったなどとまでおっしゃった。指紋も血痕も検出されなかったことを牧村捜査一課長からお聞きになったのでしょう。それで、あたしに決め手がないことを知った。でもね、昨晩園長宅に行ってもいない先生が、ジャックに噛まれたわけでもない先生が、どうしてジャックの首輪の指紋や血痕を気にかけたのですか」

「それは……」

本条は言い訳を並べようとしたが言葉が続かない。

「それと、先生の靴です」

寅太郎は本条の靴を指差した。反射的に本条も自分の靴に視線を向けた。

「スタッドレスタイヤのシューズ版のような靴底ですね。雪国ではよく見かけますが、南国の島では珍しい。滝野さんにお聞きしたのですが、先生は岩場や砂浜、坂道、山の中、何処でも自在に駆け回ることができるようその靴を履いておられるそうですね。もう一度申しますが、この島では珍しい。そして、昨晩、三田村園長宅の庭に残っていた足跡、先生の靴と同じ型でした」

淡々と寅太郎が語りかけると、本条は靴から寅太郎に視線を移し、

「だったらどうだとおっしゃるのですか。同じ靴の足跡が残っていたとしてもそれがわたしが残したものだと断定できるのですか。かりにわたしの足跡であったとしても、わたしは園長を訪ねたことがあります。昨晩ではありませんがね。訪れた時の足跡が残っていたのではないのですか」

本条は冷静さを取り戻した。

「園長宅は反対運動の連中など、人の出入りが多い。昨晩より以前に残した足跡などは残っていません。あれは明らかに昨晩に残された足跡です。門の近く、ジャックが繋がれていた場所に残された足跡が特にくっきりとしていました。足跡の乱れ具合からして、ジャックと争ったと思われます。指紋、血痕に対する先生の反応と併せて、三田村園長を殺したのは先生だとわたしは確信します」

話を締めくくり、寅太郎は本条を見据えた。

寅太郎の視線を受け止め、

「わたしは園長を殺していません」

本条は一言、一言、噛みしめるように否定した。そして、少し間を取り、

「指紋と血痕のやり取り、あれは引っかけというものだ。向坂さんは首輪のことなど言っていないのにわたしが犯人だから、つい口を滑らせたと決め手にしようとなさったが、あれでは弱いね。とても公判維持などできないよ。足跡もしかり。足跡と同じ型の靴を履いているからといって、わたしだと特定することはできない。腕の立つ弁護士じゃなくても、物証にはならないと裁判官に納得させられるさ」

本条は余裕の釈明を行った。

寅太郎は両手を広げ、

「おっしゃる通りですね。そこまできっちりと否定されましたら、わたしもお手上げです」

ブルゾンの内ポケットからＩＣレコーダーを取り出し本条に見せ、

「録音、止めます」

スイッチを切って机の上に置いた。やり取りを録音されていたことを不愉快に思ったのか本条は舌打ちをした。寅太郎はスマフォを見て、

「あと、四十分あります。もう少し、お話し致しましょう。誓います。もう、引っかけたり、姑息な尋問などはしません」

「向坂さんと話すことなどありませんよ」

薄笑いを浮かべ、本条は答えた。

寅太郎も満面の笑みだが、目は笑っていない。獲物を追い詰める狼のような獰猛な光を放っていた。そのせいか、有利に立ったはずの本条は椅子に座ったまま立とうとはしない。

「あたしの親父は殺されたんです」

やおら、寅太郎が話し始めると本条は口を閉ざしたまま戸惑いの表情となった。

「親父も警察官でしてね、あたしが高校生の時、ナイフを持って暴れ回る暴漢から市民を守って刺されたんです。殉職ですね。報せを受け、病院の死体安置室で親父の亡骸と対面

しましたよ。それで、その日以来、親父の顔を思い出すことができなくなりました。写真は残っていますから、どんな顔をしていたかはわかるんですがね、どうも親父とは思えない。他人のような気がするんですよ。今でも、死体安置室で対面した時のこと、夢に見ます。目が覚めると汗でぐっしょりですよ。ところで、先生も嫌な夢をご覧になるそうですね。初めてお会いした時、雷鳴をひどく恐れておられた。で、滝野さんに先生は例の夢を見たとおっしゃった」

「ええ、見ますよ。とても恐ろしい夢をね。子供の頃から同じ夢です」

本条の目は警戒に彩られている。

「こんなきれいな島で怖い体験でもされたのですか」

「いや、映画だった。子供の頃に見た映画の怖い場面がトラウマになったんですよ」

「ああ、思い出しました。滝野さんと脅迫の件で車に乗り合わせた時に聞きました。実体験ではなかったんですね。そうですよね、こんな美しい島、子供が過ごすには理想の土地だ。そう、そう、これ」

またもブルゾンの内ポケットを寅太郎はごそごそとやり、一葉の写真を取り出した。少年本条義男が三田村とメダイを釣り上げた時の写真だ。

「先生、本当に生き生きとしていらっしゃる。あなたばかりではない。園長も素晴らしい笑顔だ。知らない人間が見たら、親子に見えるでしょうね」

寅太郎は写真を本条に渡した。本条は受け取り、一瞥しただけで机に置く。

「園長、優しかったのでしょう。父親代わりだったのでしょう」

寅太郎の問いかけに、

「そうでしたね」

生返事をし、本条は写真に視線を落とした。その顔はどこか冷ややかだ。

「園長には怖い夢のことお話しになったのですか」

「いや」

写真を見ながら本条は首を左右に振った。

「父親代わりだったのでしょう。では、おふくろさんには話したのですか」

「話していません」

「お一人で苦しんでいらっしゃったわけですね」

「もういいでしょう、悪夢の話は」

本条は天井を見上げた。

「あなたはホテルで園長の思い出話をされた時、涙を流されましたね」

「ええ」

「ところが、亡くなられたと聞いても無関心のようです」

「無関心ではありませんよ」

「悲しくはないのですか。父親代わりだったのでしょう」

「そりゃ、悲しいですよ。でも、園長は反対運動を裏切っていましたからね」

「おや、これは意外なことをおっしゃる。反対運動を裏切ったということは先生の側に立ったということではありませんか。むしろ、感謝なさったと思いましたよ。園長とわかり合えたと……。父親代わりの園長とわかり合えたとね。父親と和解できたと……」

「わかり合えたとまでは思えませんな」

「お通夜とか葬式には出られないのですか」

「出ません」

「父親代わりだったのにですか」

寅太郎は半身を乗り出した。

本条の顔がどす黒く歪んだ。

「おふくろさんは園長に感謝しておられたのでしょう」

本条は返事をしない。

「感謝されていたでしょう。夫のDVから守ってくださった上に、先生と二人の面倒までみてくれた。先生の父親代わりとなってね。まさしく聖職者の鑑《かがみ》ですな」

寅太郎は三田村への賛辞を繰り返した。本条の手が震える。

「先生、やはり、お通夜には出席されるべきですよ。父親のような存在なんですから。亡くなられたおふくろさんもきっと参列されることを望んでおられると思いますよ」

「馬鹿な」

吐き捨てるように本条は言った。

「ええ、何ですか」

「馬鹿なと言ったんだ」

大きな声で本条は返した。

「馬鹿なとは、どういうことですか。園長は先生とおふくろさんにとって恩人であり、あなたにとっては父親代わり、いや、父親そのものだった」

「父親なんかじゃない」

本条が否定するのを聞き流し、

「園長が、先生にとっては父親ということは、おふくろさんにとってはどういう存在だったのですか」

「うるさい！」

本条は取り乱した。

嗅ぎ当てた。狼の嗅覚がしっかりと本条の弱点を捉えた。

「園長は先生の父親でした。ではおふくろさんにとっては……」

「…………」

「先生、お話しくださいよ。おふくろさんにとって園長はどんな存在だったのですか」

「知らん」

「知らないはずはありませんね。あなたの父親である園長とおふくろさんのことなんですから」

「プライベートなことだ」

「先生は園長を父親代わりとおっしゃったじゃありませんか。きっと、おふくろさんも感謝に加えて尊敬しておられたんでしょうね」

「尊敬などしていたもんか」

「じゃあ、愛しておられた」

「おまえ、おふくろを侮辱するのか。誰があんな奴のこと。あんな、悪党を……。聖職者の仮面を被った大悪党を」

本条は立ち上がった。

寅太郎も立って狼の目で睨み、

「おふくろさん、今のあんたを見て何を思うだろうな。父親代わりの恩人であった園長を悪《あ》しざまに呼ぶあんたを……」

「おふくろはよく言ったと誉めてくれるさ」

力なく本条は返す。

「ほう、おふくろさんは誉めてくれるんですか」

「ああ」

「じゃあ、先生が園長を殺したことも誉めてくれるんですね」

声の調子を落とし、訴えかけるように寅太郎は語りかけた。

本条の目がうつろに彷徨《さまよ》った。

そして、

「ああ、そうだよ」

と、呟くとすとんと腰を落とした。

しばらく沈黙が続いた後、我に返ったように本条は目をしばたたき、ＩＣレコーダーに手を伸ばした。次いで、電源が切れていることを確認するとほっとしたようにため息を吐いた。

「先生、園長を殺したこと、認めてしまいましたね。しかし、録音されていない。認めたことなど、いくらでも否定できるとお考えでしょう」

「そうだ。ここにはわたしと君しかいない」

本条は足を組んだ。雪国仕様の靴底が見える。

「先生は案外甘いお方だ」

寅太郎はブルゾンの別のポケットからもう一台のＩＣレコーダーを取り出した。電源が

ＯＮになっていることを示す赤い光が本条の目を刺す。本条の目が大きく見開かれ、

「汚いな」

呟いて失笑を漏らした。

「そう、汚いです。あたしはあなたに嘘を吐いた。引っかけないと言いながらこんな卑怯な真似をしてしまいました。警察官ではなく人として失格ですね。許してください。今の録音は消してくださって結構です。今の証言は聞かなかったということです。ですから、本条先生、本当のことをおっしゃってください。わたしにではなく、あの世のおふくろさんに……」

寅太郎はＩＣレコーダーを本条に差し出した。獲物を追い詰めた狼のような目ではなく、日頃の茫洋《ぼうよう》とした眼差しに戻っていた。

ＩＣレコーダーを本条は受け取ることなく、

「向坂さん、あなたは最後に本音でぶつかってきた。わたしも本音で応えましょう。三田村源蔵のようにはなりたくありませんからね。さあ、逮捕してください。詳しいお話は署で申し上げます」

逮捕に応じた本条の顔は憑《つ》き物が落ちたように晴れ晴れとしていた。

「正蔵」

寅太郎が呼びかけると正蔵と青山が入って来た。寅太郎はＩＣレコーダーを青山に渡し

た。

「本条先生、御同行を願えますか」

正蔵の申し出に本条は首肯した。

続いて立ち上がると大きく息を吐き、寅太郎を向く。

「悪夢ですがね、選挙の最中とか大事な政治折衝の前夜とかによく見るのです……。嵐の夜に墓地で墓堀りをしている男の夢なんですよ」

「映画の場面ですね」

「映画なんかじゃありません。現実でした。七歳の子供には酷すぎる現実でしたよ。わたしは現実を否定したくて、あれは夢だったんだと自分に言い聞かせて成長しました。ところが、島を離れ、代議士となってから、悪夢となってわたしの脳裏に蘇り、現実のわたしを蝕《むしば》むようになったのです。岩根島をパラダイスにすれば悪夢は去るかもとパラダイスアイランド建設計画を推進しましたが、一向に消えません。今度は三田村が死ねば悪夢を見なくなると思ったのですが、昨晩また悪夢を見ました。これまで見た中で最も恐ろしい情景でした。大地を裂かんばかりの雷鳴、滝のような雨、墓を掘る男の横顔の恐ろしさ……」

本条の顔面は蒼白《そうはく》になった。

「全てをお話しになれば、消え去るかもしれませんよ」

寅太郎が言うと、本条は弱々しく微笑んだ。

五

明くる十三日の朝、寅太郎は岩根港のフェリー乗り場に立っていた。

青山からの電話では、本条は素直に取調べに応じているとのことだ。刑事部長天宮幸一は牧村が本条に捜査情報を漏らしたことを咎め、捜査本部から外した。正蔵が捜査本部の指揮を執り、島での本条の足取りを追い、本条の犯罪の裏を取っている。

大変な意気込みだそうだ。

目下の取調べでは、本条は三田村に深い恨みを抱いていたことがわかっている。母親佳世子が三田村の性奴隷にされていたことが恨みの理由だそうだ。何故、佳世子は三田村の性奴隷にされたのか。佳世子がＤＶで悩まされた夫、すなわち本条の父親を殺してしまい、その死体を三田村が教会裏の墓地に埋葬したからだ。

本条が悪夢に見ていた墓地の光景はその時のことだったのかと寅太郎は納得した。それなら、本条はこれからも悪夢に悩まされ続けるだろうとも思った。

寅太郎自身が未だ父の殉職直後の夢を見るからだ。

いや、あれは悪夢ではない。

警察官としての生き方を示しているのだ。

本条は政治家として飛躍するため、パラダイスアイランド建設を推進したが、併せて三田村への復讐の機会としたのだった。復讐を遂げることで悪夢が去り、母親の罪を永遠に封印できると考えたのだった。

乗船案内がアナウンスされた。

寅太郎はリュックサックを背負い、竿袋を肩にかけた。

「今度来る時は、思う存分釣りを楽しむぞ」

大神山を見上げ、寅太郎は言った。

その時、目の前にパトカーが停車した。正蔵が降りて来た。正蔵は大きな紙袋を持っていた。

「若芽《わかめ》だ」

ぶっきら棒に言って渡してきた。

「土産をくれるのか。すまんな」

「美人の嫁さんにだ」

「明子にか」

寅太郎は首を傾げた。

「おまえが明子さんと結婚した時、警視庁じゃ、ちょっとした騒ぎになったんだぞ。あんな奴とどうして明子のような美人が結婚したんだってな。密《ひそ》かに狙っている男は多かったんだぜ」

「ほう、そうかい」

「まったく、惚けた野郎だ。じゃあな」

正蔵は踵を返した。

「正蔵」

寅太郎は呼び止めると右手を差し出した。

振り返った正蔵は、一旦は握手に応じようと右手を動かそうとしたが、

「ふん、おまえなんかと握手するもんか」

憎まれ口を残し、パトカーに戻って行った。

「正蔵らしいな」

呟くと寅太郎はフェリーに向かった。

ふと、ブルゾンの胸ポケットから高島暦を取り出した。

「今日の運勢……。不測の変更事多いが時運に順応する日か」

カモメの鳴き声が耳を覆った。空には鰯雲《いわしぐも》が光っている。

そうだ、明子に帰宅すると電話を入れるのを忘れていた。高島暦をポケットに仕舞い、スマフォを取り出した。

と、背後から走って来た男がぶつかった。

スマフォが落下し、

「すいません」

謝りの声を男は発したが、寅太郎を振り向きもせずに走り去った。

「まったく、しょうがないな」

スマフォを拾い上げた。見事に壊れている。とても電話などかけられたものではない。

フェリーにある公衆電話でかけるか。

「いや、不測の事態だ。時運に任せよう」

寅太郎は歩き始めた。

著者注・この作品はフィクションであり、登場する人物および団体名は、実在するものといっさい関係ありません。

居眠り狼

一〇〇字書評

切り取り線

購買動機（新聞、雑誌名を記入するか、あるいは○をつけてください）

□（　　　　　　　　　）の広告を見て	
□（　　　　　　　　　）の書評を見て	
□ 知人のすすめで	□ タイトルに惹かれて
□ カバーが良かったから	□ 内容が面白そうだから
□ 好きな作家だから	□ 好きな分野の本だから

・最近、最も感銘を受けた作品名をお書き下さい

・あなたのお好きな作家名をお書き下さい

・その他、ご要望がありましたらお書き下さい

住所	〒				
氏名		職業		年齢	
Eメール	※携帯には配信できません		新刊情報等のメール配信を 希望する・しない		

この本の感想を、編集部までお寄せいただけたらありがたく存じます。今後の企画の参考にさせていただきます。Eメールでも結構です。

いただいた「一〇〇字書評」は、新聞・雑誌等に紹介させていただくことがあります。その場合はお礼として特製図書カードを差し上げます。

前ページの原稿用紙に書評をお書きの上、切り取り、左記までお送り下さい。宛先の住所は不要です。

なお、ご記入いただいたお名前、ご住所等は、書評紹介の事前了解、謝礼のお届けのためだけに利用し、そのほかの目的のために利用することはありません。

〒一〇一‐八七〇一
祥伝社文庫編集長 坂口芳和
電話 〇三（三二六五）二〇八〇

祥伝社ホームページの「ブックレビュー」からも、書き込めます。
http://www.shodensha.co.jp/bookreview/

祥伝社文庫

居眠《いねむ》り狼《おおかみ》　はぐれ警視《けいし》向坂《さきさか》寅《とら》太郎《たろう》

平成29年12月20日　初版第1刷発行

著　者　早見《はやみ》　俊《しゅん》
発行者　辻　浩明
発行所　祥伝社《しょうでんしゃ》
東京都千代田区神田神保町3-3
〒101-8701
電話　03（3265）2081（販売部）
電話　03（3265）2080（編集部）
電話　03（3265）3622（業務部）
http://www.shodensha.co.jp/

印刷所　萩原印刷
製本所　ナショナル製本
カバーフォーマットデザイン　芥 陽子

Printed in Japan ©2017, Shun Hayami ISBN978-4-396-34378-1 C0193

〈祥伝社文庫　今月の新刊〉

佐藤青南

たぶん、出会わなければよかった嘘つきな君に

嘘だらけの三角関係。それでも僕は恋をあきらめたくない。純愛ミステリーの決定版！

菊池幸見

走れ、健次郎

国際マラソン大会でコース外を走る謎の男!?「走ることが、周りを幸せにする」――原　晋氏

早見　俊

居眠り狼《おおかみ》　はぐれ警視　向坂寅太郎《さきさかとらたろう》

奴が目覚めたら、もう逃げられない。絶海の孤島で起きた連続殺人に隠された因縁とは？

小杉健治

夜叉《やしゃ》の涙　風烈廻り与力・青柳剣一郎

剣一郎、慟哭す。義弟を喪った哀しみを乗り越え、断絶した父子のために、奔走！

芝村凉也

楽土　討魔戦記

一亮らは、飢饉真っ只中の奥州へ。人が鬼と化す江戸怪奇譚、ますます深まる謎！

富田祐弘

信長を騙《だま》せ　戦国の娘詐欺《さぎ》師

戦禍をもたらす信長に、一矢を報いよ！　少女が挑んだのは、覇王を謀ることだった！

吉田雄亮

新・深川鞘番所

同心姿の土左衛門。こいつは、誰だ。凄腕の刺客を探るべく、鞘番所の面々が乗り出すが。